길 위로 출근

우연인 듯 필연인 듯, 길 위에서 만난
모든 당신들에 대하여

길 위로 출근

이PD, 원은혜 지음

자화상

목차

이 피디의 말

1부 혹독한 여정은 잊지 못 할 기억이 된다

2부 어떻게 매번 좋은 일만 있겠어

3부 멈춘 길에는 또 다른 길이 있네

원 작가의 말

1부 여긴 어디,
나는 누구

2부 작가 아니고
방송작가

이 피디의 말

예전에 촬영지에서 만났던 한 아버님이 물어보셨다. 대체 등 뒤의 그 가방 안에는 뭐가 있느냐고. 내가 전국 각지를 다니며 촬영하던 날들 중에, 한 7년은 매번 새까만 가방을 짊어지고 화면에 얼굴을 비췄으니, 그 거북이 등딱지 같은 것의 정체가 무엇인지 충분히 궁금하실 수도 있었겠다. 나는 당장이라도 가방 지퍼를 열어 보여드리고 싶었지만, 그럼 정신이 사나워지실 것이 염려되어 "아,

요건 그냥 카메라 가방이에요."라고만 말씀드렸다. 사실 이 안에는 종류가 다른 카메라들이 테트리스 블록처럼 끼워 맞춰져 있다. 디지털 카메라와 렌즈, 방수 카메라 두 개에, 날개를 접은 드론까지도. 거기에 더해 인터뷰를 한다, 춤을 춘다 하면서 움직여대느라 배터리 다섯 개와 충전용 전선들이 언제나 마구 뒤섞여 있다.

촬영이든 출연이든 인터뷰든 간에, 이 모든 게 그저 사람 사는 일들 중의 하나라, 이렇듯 어르신들은 가끔 내가 예상도 못한 일상적인 질문들을 해오실 때가 있다. 키가 얼만지, 결혼은 했는지, 그 결혼 상대가 여자일지, 남자일지…. 진땀을 숨기느라 크게 하하 웃어넘기면, 딱히 대답을 바라고 한 질문도 아니라는 듯이, 밥 잘 챙겨 먹고 다녀라, 아이고 위험해 보이더라, 몸조심해라, 하고 결국은 손주처럼 대해주시고 마는 것이다. 그럼 나도 무슨 친척분들을 만난 것 같은 기분이 되어 카메라는 신경도 안 쓰고 요상한 대화에 빠지게 된다.

편집에서 잘려나간 그 사소한 이야기들을, 또 카메라 뒤에서 울고 웃었던 나와 원 작가의 어떤 날들을, 부족한 글재주를 무릅쓰고 끄적여보려 한다. 처음 출판 제의가 들어왔을 때, 나는 몹시 부끄러워하면서도 일면 용감무쌍한 생각을 했었던 것 같다. 적지 않은 시간 동안 길 위에서 뜨거운 사람들과 갖은 사연들을 만났으니, 보고 느낀 것들만 적어도 종이 한 묶음은 엮을 수 있겠지, 하는. 그런 호기로운 생각을 했으니 잠시 우물쭈물하다 결국 한번 해보겠다는 말을 했을 것이다.

그러나 얼마 못 가 하얀 것은 종이요, 흐르는 것은 시간이라, 하고 멍때리고(?) 앉아 있는 시간이 많아졌다. 아, 맞아. 그 마을에는 그런 신기한 일이 다 있었지, 어떤 어머님의 몸짓은 눈물 나게 감동적이었지, 하는 오래된 기억들이 머릿속에서 뒤엉키기만 할 뿐, 글자로 풀어내고 나면 감동도 재미도 사라지는 마법이 계속해서 일어났다. 몇 글자 적다 한숨 쉬고, 몇 글자 적다 다 지워버리기를 하루에도 수십 번. 아, 이걸 괜히 한다고 했나 하며 눈물을 머금고 겨우 적어낸 것들이 결국 인생의 절반을 되돌아보며 쓴 반성문이나 되지 않을까 걱정이다. 그렇다 할지라도, 참 요령 없이 무식하게 애를 쓰며 살아온 두 사람의 이야기를, 저래도 살아지는구나, 하고 심심한 위로 삼아주신다면 더할 나위가 없겠다.

내가 길 위에서 만난 그 모든 인연들로부터 느낀 '사람 사는 맛'에 대해, 나는 끝끝내 그것을 온전히 표현해내지 못할 것을 우려해 미리 외치고 싶다.

당신 덕에 따뜻했다고, 삶의 지혜를 안고 덤덤히 나아가던 당신에게 많이 배웠다고, 정말 감사했다고, 그러니 우리 또 만나자고.

오늘도 일출을 벗 삼아 떠나며
이 피디

언젠가 여행을 앞두고 짐을 챙기는데 갑자기 가슴이 뛰기 시작했다. 그건 기분 좋은 설렘이 아니라 불안 섞인 떨림이었다. 아마 나의 뇌 구조에는 짐을 싸는 행위는 일하러 떠나는 것으로 자리 잡은 모양이다. 그도 그럴 것이 거의 10년의 세월이, 일이 여행이 되고 여행이 일이 되는 삶을 살았다. 나의 일은 여행을 떠날 때처럼 날씨가 중요했고 찾게 될 풍경이 기대되었으며 낯선 곳에서 누구를 만나느냐에 따라 그곳의 기억이 다르게 새겨졌다.

'여행'에서 돌아오면 남는 것은 사진이고 추억이지만, '여행 같은 일'을 하며 내게 남은 것은 역시 사람이었다. 가깝게는 이제 전우라 부르는 이 피디가 있고 옆에서 손발을 맞춘 선후배들이 있다. 현장에는 가던 발걸음을 멈추고 응원해주는 사람들이 있었고 우리와 희로애락을 기꺼이 나누는 사람들이 있었다. 그리고 텔레비전 밖에서 함께 웃고 울어주신 시청자들도 있었다.

되돌아보면 내게 남은 것은 '어디'가 아닌 '누구'. 어쩌면 우린 여행 코너를 한 것이 아니라 길 위에서 만나는 사람들과 신나게 토크쇼를 하며 다녔는지 모르겠다.

몇 년 전, 이른 아침 지방 촬영을 가는 길에 휴게소에 들른 적이 있었다. 촬영 일정이 꼬이면서 하루도 못 쉬고 내려가는 터라 나는 물론이고 이 피디도 몹시 피곤한 상태였다. 더 이상 졸음을 참지 못할 것 같아 정신을 차리기 위해 어느 휴게소에 들렀다. 커피 한 잔을 시켜놓고 비몽사몽하고 있는데 한 아버님이 달려오시더니 인사를 하셨다. 우리는 가수면 상태로 반갑게 인사를 나누곤 둘

다 테이블 위에 그대로 엎드려 잠이 들었다. 그러다 어느 순간 이 피디의 놀란 목소리가 들려왔다. "어, 이게 뭐지!" 눈을 떠보니 앞에 캔 커피와 쿠키가 담긴 봉투 하나가 놓여 있었다. 아까 그분이 건네고 가신 걸까, 순간 졸음이 싹 달아났다. 흔들어 깨우기라도 했으면 감사하다는 말씀이라도 드렸을 텐데…. 그게 아직도 마음 한구석에 얹혀 있다.

　그동안 바삐 움직이는 현장에서 이렇게 놓친 마음들이 얼마나 많을까? 그래서 이 글은 미처 전하지 못한 우리 상황에 대한 변명 같은 설명이자 감사하는 마음을 담은 연서이기도 하다. 또한 방구석 게으름뱅이인 작가가 역마살 낀 열정 피디를 만나 전국을 떠돌며 겪은 수난의 흔적이며, 덕분에 얻은 영광의 기록이기도 할 것이다.

　　　　　　　　　　　이 피디의 뒷모습을 찍고 있는

　　　　　　　　　　　　　　　　　어느 가을에

　　　　　　　　　　　　　　　　　　원 작가

이 피디의 말

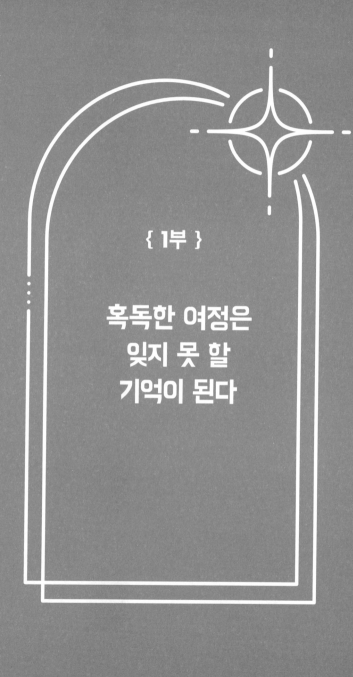

{ 1부 }

혹독한 여정은
잊지 못 할
기억이 된다

전우애

서투르고 치열했던 그날의 전장은 비록 살을 한 번 앗아가긴 했었지만, 평생을 함께할 전우를 남겼다. 우리는 가끔씩 그때의 기억들을 떠올리며 버텨낼 용기를 얻는다. 그런 날도 있었는데 못 할 게 뭐야, 하면서.

세상의 어떤 쌍둥이들보다, 어떤 부부들보다 더 많은 시간을 붙어 있었던 원 작가와는 함께 일한 지 15년이 됐다. 화장실 가는 것만 빼면 보고, 듣고, 먹는 것이 15년 동안 같았다.

전국을 떠돌며 살았던 나의 19년 중에 15년을 함께 했으니, 원 작가와 처음 만난 것은 내가 4년 차일 때였다. 일은 어느 정도 손에 익고, 투지가 넘쳐난다는 그 4년 차에, 지금 KBS '생생정보'의 전신 격인 '리빙쇼 당신의 여섯시'라는 프로그램으로 만났다. 당시 둘 다 20대 중반이었고, 연차도 비슷했으며, 멋진 영상을 위해 몸과 마음을 바쳐 충성을 다하겠다는 의지로 종종거리는 것까지 비슷해, 서로 만난 지 얼마 되지 않아 니맘내맘하며 반하게 됐다. 그렇다 해도 후에 15년을 더 동고동락하는 사이가 될 줄은 미처 몰랐다. 다만 그렇게 될 수밖에 없었던 이유를 돌이켜본다면 한마디로 전우애때문이었다.

○

2010년까지만 해도 대부분의 가정에 놓인 텔레비전은 지금보다 가로 길이가 훨씬 짧았다. 그때는 지금처럼 예쁜 화면이 만들어지는 카메라들이 활성화된 시기가 아니었다. 당시의 성능이 낮은 카메라에는 태양의 강렬한 빛이 없으면 조악한 화면이 찍혔다. 그러니 조금이라도 흐린 날이나 실내에서 촬영하게 되는 경우에는 당최 쨍한 화면을 기대할 수가 없었다.

원 작가와 나에게는, 두 눈을 뜨고 볼 수 없는 그 조악

한 화면에 혼을 불어넣고야 말겠다는 공통된 일념이 있었다. 그게 또 쿵짝이 맞았으니, 우린 매번 촬영을 나갈 때마다 성능 낮은 카메라를 커버할 추가 장비들을 군이 주렁주렁 지고 다니는 수고를 했다. 태양만큼 밝은 빛을 쏴줄 무거운 조명에, 그걸 받쳐주는 다리, 카메라 가방, 카메라 다리까지 양쪽 어깨에 짊어지면 둘 다 완전무장한 군인처럼 보였다. 지금처럼 자가용이 있을 때도 아니었기에, 그 짐들을 들고 촬영지까지 너댓 시간 거리를 택시로, 고속버스로 갈아타며 다녔다. 그럼 촬영도 하기 전에 진이 빠져버리는 요상한 결과가 초래됐다. 어떡하겠는가. 스스로가 만든 수고로움인 것을.

그게 매주 반복되던 어느 날, 나는 괜한 짓을 해서 힘을 빼는 건가 하는 의구심에 사로잡히기 전에, 촬영지에서 장비를 치렁치렁 설치하고 카메라를 들여다보며 외쳤다. "역시 화면은 장비 빨이야."

그때 우리가 맡은 것은 총 길이 20분 중 절반이 재연으로 채워져야 하는 음식 코너였다. 한마디로 말하자면 '대박 난 음식점 사장의 성공 스토리'가 주제였다.

'대박 음식점' 하면 으레 볼 수 있는 손님 인터뷰와 음식 소개를 기본으로, 지금은 억 소리 나게 돈을 버는 사장님의 힘들었던 과거 이야기가 재연으로 만들어져 들어가야 했다. 현재의 영광 뒤에 숨겨진 그들의 사연은 구구절절했다. 때로는 70년대에 사고를 당해 자식을 잃었다고 했고, 때로는 50년대에 배를 곯다 풀뿌리를 씹었다고 했다. 그들의 파란만장한 사연을 2010년의 건물에서 아무렇게나 재현해낼 수는 없었다. 우리는 맛집을 검증할 손님들의 인터뷰를 하다가도 70년대 느낌의 대폿집을 찾아 나섰고, 주방에서 바쁜 사장님을 찍다가 곧장 아궁이 딸린 부엌을 찾으러 다녔다. 물론 40년, 50년 전의 집이 2010년까지 남아 있을 리는 만무했지만, 발바닥에 땀이 나게 돌아다니다 보면 신기하게 또 그게 찾아졌다.

"와, 이거다! 이 집이 딱이다."

"진짜. 또 어찌어찌 구했네. 여기 툇마루에서 찍으면 되겠다. 재연 장소는 구했고. 배우는? 사장님, 동생네랑은 연락하셨대?"

"어. 근데 동생네가 일 있어서 못 오신다네."

"큰일이네. 이제 음식 찍으러 가야 되는데…."

당시 재연배우가 따로 없었다. 우리는 식당 일로 바쁜 사장님 대신 이웃집들의 문을 두들겨가며 배우를 찾았다. 주로 그 대박 난 음식점의 옆집에 사는 아저씨나 건넛집 집 아주머니가 사연 속 사기꾼이나 노름꾼이 되었다. 우리는 70년대로 돌아가, 이제 곧 전 재산을 날리게 될 사장님 남편의 도박판을 촬영하다가, 한 시간 후에는 2010년의 대박 음식점으로 달려와 바글대는 손님들을 찍었다.

시대를 넘나드는 이 촬영을 하느라, 매주 이틀씩은 자는 시간을 빼고 주로 뛰어다녔다. 그러다 보면 철근까지 씹어먹겠다는 20대의 나이에도 혼이 나갈 것 같았다. 사람들이 줄을 선다는 맛집에 와놓고 매번 철근은커녕 쌀한 톨도 씹지 못했다. 이 난리통 속에서는 통 식욕이 없었고 밥 먹을 시간도 없었다. 손님이 빠져나간 식당에서 늦은 식사를 하려던 사장님이 점심에 한 번, 저녁에 한 번씩 밥을 먹으라는 전화를 주셨지만, 그때마다 어딘가에서 뛰어다니던 우리는 괜찮다는 말만 하고 끊었다. 그래서, 아이고, 고생하셨습니다, 하고 돌아설 때는 매주 식당 사장님들이 전부 그렇게 밥을 안 먹어서 어떡하느냐고, 지금이야 괜찮겠지만 나중에 고생한다고 마지막 인사를 했다.

이상하게 그때 우리는 굶은 시간이 많을수록 안도감을 느꼈다. 위장의 아우성을 무시하고 고군분투했던 시간이 길수록, 풍성한 그림을 담았다는 확신이 더 크게 들었다.

이틀은 촬영장에서, 또 다른 이틀은 편집실에서, 우리가 밥 대신 주로 먹었던 것은 커피였다. 먹을 시간도 없었지만 우리는 깨어 있어야 했다. 요령도, 기술도 부족한 4년 차 풋내기 제작진 둘이서 나름의 원대한 포부를 이루려면 시간이라도 더 벌어야 했다.

우리는 숙면과 위장의 안녕을 포기하고 다만 간절히 바랐다. 역경을 딛고 일어선 이 수많은 이야기들을 그것의 정확한 순도대로 다듬을 수 있기를. 그래서 그것이 누군가의 깨달음이 되고 희망이 될 수 있기를. 그 거룩한 바람을 품고 밤새 편집 컴퓨터를 노려보는 동안, 둘이서 수없이 마셔댔던 믹스커피만 해도 한 트럭은 됐을 것이다. 빈속에 믹스커피를 들이붓는 그 찌르르한 느낌이 소름 끼쳐서 이제는 믹스커피 포장지만 봐도 신물이 올라

온다. 해서, 좀 더 값나가는 아메리카노로 취향이 바뀐 지 오래됐다.

아, 그때 만든 영상을 다시 본다면 어떤 기분이 들까 싶다. 아마도 두 주먹 불끈 쥐고 발차기를 하고 싶어질지도 모른다. 그래도 시청자들께서 어리고 서툰 자들의 간절함마저 읽으셨던 것인지, 당시 코너의 시청률이 꽤 높게 나왔다. 우리는 한 주의 시청률 표를 받아들고 매우 감격스러워하며, 다음 날 또 수많은 장비를 짊어 메고 길을 나섰다.

그러나, 매주 감당할 수 있는 선을 넘은 전투를 하느라 우리는 몹시 흉측한 형상을 하고 있었다. 그때 나의 몸무게는 지금보다 약 10킬로그램이 덜 나갔고, 그건 고등학교 때보다도 적은 체중이었다(이걸 밝히면 한 소리 듣겠지만 원작가는 그때 지금보다 무려 25킬로그램이 덜 나갔다고 했다). 보는 이마다 모두 어디가 아프냐고, 왜 이리 살이 빠졌느냐고 물어봤다.

머리가 핑핑 돌던 어느 날 그 프로그램을 그만뒀을 때 나는 약 한 달간 아팠다. 일어서면 땅이 울렁이고 음식을 먹으면 속이 메스꺼워서, 아무것도 못 하고 그저 누워서 앓았다. 너무 오래 누워만 있어서 그때 봤던 천장의 무늬를 아직도 기억한다. 하마터면 살과 건강을 완전히 잃을 뻔했다.

비자발적으로 식음을 전폐한 지 3일째 되던 날, 원 작가가 죽을 사 들고 와 딱하게 쳐다보며 말했다.

"아휴, 우리 다시는 이렇게까지는 하지 말자."

밤낮으로 천장의 무늬만 세고 있던 나는 대답할 힘이 없어 엄지와 검지를 구부려 오케이 표시를 했다.

○

그로부터 15년 후, 우리는 그날보다 훨씬 더 많은 장비를 가지고 다니며 여전히 종종대고 있다. 우리는 가끔씩 그때의 기억들을 떠올리며 버텨낼 용기를 얻는다. 그런 날도 있었는데 못 할 게 뭐야, 하면서.

제주 갈치배는
훈장이 되었다

잊지 못할 44시간의 제주 갈치배는 나의 훈장이 되었다. 그 후로 나는 어선을 타기 전에는 꼭 그 44시간을 먼저 떠올렸다. 그럼 어떤 고기잡이배라 해도 두렵지 않았다.

나는 이제 어지간해서는 뱃멀미를 하지 않는다. 물론 나의 위장이 처음부터 바다의 출렁임을 이겨내는 데 최적화돼 있었던 것은 아니다. 나는 그냥 바다 짠 냄새만 맡아도 속이 살짝 미식거리는 정도의 위장을 갖고 있다. 그런데도 배 위에서 방어, 삼치, 고등어 등 성질이 급해 잡으면 바로 죽는 생선들을 펄떡이는 상태로 여러 번 만날 수 있었던 것은, 오래전 제주에서의 기억 덕분이다.

나는 제주의 배 위에서 여지껏 잊을 수 없는 가장 강력한 멀미를 느꼈다. 그때 맞은 초강력 멀미 백신 덕분에, 그 이후 어떤 배를 타도 웬만한 울렁임은 멀미라 부르지 않게 됐다.

○

제주의 '명물 생선' 하면 빼놓을 수 없는 것이 갈치다. 매번 식탁에 올리기에는 살짝 부담스러운 이 몸값 비싼 녀석을 찍기 위해 11년 전 겨울, 나는 제주로 날아갔다. 서귀포항에 막 도착했을 때는 바람이 몹시 불었다. 이것이 제주에서 돌 다음으로 많다는 바람이구나, 하며 감상하고 있기에는 좀 부담스러운 바람이었다. 항구에 정박해놓은 배들이 심하게 요동치고 있었다. 만나기로 했던 선주도 보이지 않았다. 뭔가 싸한 마음이 들어 선주에게 전화를 걸었다.

"선장님, 어디 계신가요?"

"아, 오늘 배 못 뜰 것 같은데."

"배가 못 뜬다고요?"

"풍랑주의보 때문에. 지금 파도가 심해서 못 나가요"

"아…."

눈앞이 하얘졌다. 촬영에 쓸 수 있는 최대한의 시간은 무리해서 계산해도 3일이었다. 그중의 하루가 지금 예상 치 못한 통화를 하면서 흐르고 있었고, 내가 타려는 갈치 배는 이틀을 내내 바다 위에 떠 있어야 했다. 그러니 오 늘 배를 못 탄다는 말은, 촬영 이후의 시간들에 연쇄적인 문제가 생기게 될 거라는 말과 같았다. 그래도 선택의 여 지가 없었다.

"그럼 내일은 괜찮을까요?"

"모르지. 봐야 알지."

"만약, 날씨 좋아지면 내일은 몇 시에 나가세요?"

"근데… 내가 촬영이 좀 힘들 것 같은데."

"네? 그게 무슨…."

"아니, 내가 일이 생겨서…. 그쪽에 선주협회 가서 얘기 해봐요."

전화가 끊겼다. 눈앞이 하얘지다 못해 어지러웠다. 그 때 맡은 코너는 반드시 배를 타고 나가 고기를 잡는 그 림으로 전부 채워져야 했다. 게다가 여기는 비행기를 타고 건너온 제주였다. 여기서 당장 상황이 괜찮은 다른 지역으로 방향을 틀 수도 없었다. 곧바로 선주협회 사무실에 뛰어 들어갔다. 대여섯 명의 선주들이 종이 커피를 마시다 말고 고개를 돌려 쳐다봤다. 나는 조심스럽게 사정을 이야기했다. 뱃일을 하는 사람들에게 촬영이 그리 달갑지 않은 일임을 알고 있기에, 목소리가 떨리는 것을 참느라 애를 썼다. 시큰둥하게 듣고 있던 선주들은 안 한다는 말만 되풀이했다. 그래도 더는 물러설 곳이 없기에, 나는 버티기에 들어갔다. 괜히 아쉬운 소리를 들어가며 버티던 것이 한 시간이 넘었다.

아마도 이때, 신은 머지않아 들이닥칠 고통들에 대한 힌트를 주고 있었는지도 모른다. 자, 시간을 줄 테니 피해 가라고. 하지만 나는 그걸 눈치채지 못했다. 그래서 어느 마음 약한 선주가 그리 탐탁지 않게 배 촬영을 허락했을 때는 그 앞에서 절이라도 하고 싶은 마음뿐이었다.

다음 날, 서귀포항에는 여전히 바람이 불었다. 다행히, 새로 만난 선주가 이건 출항이 가능한 정도의 바람이라 했다. 나는 드디어 염원하던 갈치배에 올라탈 수 있었다. "쉽지 않을 건데." 선주는 조타실에서 여전히 탐탁지 않은 표정으로 말했다. 덧붙여, 이 배는 여기서 두 시간 떨어진 바다로 나가 이틀을 떠 있을 거라고, 일단 출발하면 돌아오고 싶다 해도 절대 못 온다고 했다. "알겠습니다." 나는 선주를 안심시키려 힘을 주어 말했다. 하지만 사실 이 배가 내가 타보는 첫 어선이라는 말은 하지 않았다.

촤악, 촤악, 배가 파도를 가르는 소리가 출발 때부터 심상치 않았다. 고기잡이배를 처음 타본 나도, 지금 이 바다가 그리 평온한 편이 아니라는 것은 알 수 있었다.

배가 기우뚱거리며 갈치 떼를 찾으러 가는 동안, 여덟 명의 선원들은 쉴 새 없이 낚싯바늘에 꽁치 미끼를 끼웠다. 100여 미터 긴 낚싯줄 하나에 100개가 넘는 낚싯바늘이 달려 있었다. 선원 한 명당 다섯 개의 줄을 도맡아 미끼 작업을 했으니, 두 시간을 달려 목적지에 도착했을 때는 1만 개는 되어 보이는 꽁치 조각들이 낚싯바늘마다 촘촘히 대롱거렸다.

"어, 시작해!"

선장이 신호를 보내자, 선원 하나가 작업한 낚싯줄을 바다에 던졌다. 꽁치 조각들로 무거워진 낚싯줄은 그대로 바다로 빨려 들어갔다. 배가 계속 움직이며 깊은 바닷속에 있을 갈치 떼들을 향해 수많은 낚싯줄을 뿌려댔다. 바람은 이 시간까지도 그칠 기미가 안 보였다.

선원 중 누군가가 '그래도 배가 움직여야 낫다'는 알 수 없는 말을 툭 던졌다. 마지막 낚싯줄까지 남김없이 토해낸 배는, 이제 그 자리에 멈춰서서 갈치 떼가 미끼에 달려들길 하염없이 기다려야 했다. 엔진이 꺼진 배에는 세차게 들이치던 바람 대신 미적지근한 공기만 남았다. 갑판에선 꽁치 비늘과 내장 냄새가 진동했고, 그 아래 텅 빈 저장고에서도 켜켜이 쌓여온 갈치 냄새가 풍겨왔다. 선원들은 담배 연기로 이 냄새를 지우고 있는 듯 보였다.

그제야 나는 '배가 움직이는 게 낫다'던 선원의 말이 이해됐다. 멈춰진 배 안에는 이 비린 공기를 밀어낼 만한 바람이 불지 않았다. 그러면서도 발밑에서는 연실 파도가 배를 때리는 진동이 느껴졌다. 이따금 이러다 배가 부서지진 않을까 싶게 발아래에서 천둥소리가 났다. 모두가 술에 취한 사람처럼 걸어 다녔다. 나는 손잡이라고 할 만한 것을 있는 힘껏 쥐고 버텼지만, 배가 들썩일 때마다 한 번씩 다리가 꺾였다. 선원들은 화장실을 가다가, 어구를 준비하다가, 담배를 태우다 한 번씩 나를 살펴보며 "괜찮어? 탈만 해?" 하고 웃음기 가득한 얼굴로 물었다. 안 그래도 부실해 보이는 탓에 못 미더운 시선을 받으며 배에 올랐던 터라, 나는 무조건 괜찮아야 했다.

괜찮다는 말을 한 대여섯 번쯤 내뱉었을 때 신물이 올라오기 시작했다. 먹은 게 없으니 딱히 게워낼 것도 없어 역한 느낌만 계속됐다. 파도 한 번에 욕지기 한 번을 참던 것이 서너 시간, 그 후론 누워도 앉아도 일어서도 메스꺼움이 사라지지 않는 지경에 이르렀다. 그건 필름이 끊어질 정도로 술을 마신 다음 날의 100배가 넘는 메스꺼움이었다. 나는 마음마저 시린 갑판 위에서 하느님을 불렀다. 열 살 이후로 성당에 나가지 못했던 것을 나는 갈치배 위에서 참회했다. 제발 얼른 갈치가 올라오길, 저 큰 저장고가 단숨에 채워지길, 그리하여 나를 한시라도 일찍 뭍으로 해방시켜 주시길 간곡히 기도했다.

다행히 하느님은, 그리하여 내가 타지 말라지 않았느냐, 하고 핀잔을 주지 않으셨다. 갈치가 올라오기 시작한 것이다. 낚싯줄 한 구간에 펄떡이는 갈치 하나씩, 선원들은 바다에서 낚싯줄을 한 번 들어 올릴 때마다 그대로 크게 휘 원을 그렸다. 그것이 갈치의 펄떡임을 이겨내고 옆에 놓인 바구니에 빠르게 갈치를 쌓는 기술이었다. 그 동작이 마치 춤을 추는 것 같았다. 그들의 손에서 튕겨져 나온 은빛 갈치들이 몸통을 흔들면, 카메라 렌즈로 한번 여과해서 봐도 눈이 부셨다. 선원들의 손끝에서, 갈치들의 화려한 몸짓에서 나는 한 번씩 황홀함에 취하다가, 어느 순간 위장의 경련마저 잊어버렸다. 얼굴이 허애진 선원 한 분이 나를 신기하게 쳐다보며 말했다.

"배 탈 체질이네. 내년부터 여 와서 같이 배 타자."

"으하하. 그래볼까요? 어, 근데 선생님, 얼굴이…. 괜찮으세요?"

구석에 있던 그 선원의 얼굴은 몹시 창백했다. 요동 속에서 고개를 숙이고 연신 갈치 작업을 하느라 아마 뱃멀미가 더 심했을 것이다.

그는 좀 겸연쩍게 "나는 그제까지는 밭일하다 어제 뱃일에 복귀하는 바람에…." 하고 말끝을 흐리다가, "그래도 갈치배는 처음일 텐데 배 잘 타네." 하고 목에 핏대를 세우며 칭찬했다. 나는 갑자기 벅찼다. 갈치잡이 수십 년 경력의 베테랑 선원에게 칭찬을 듣다니. 그의 말 한마디는 이후 몸부림쳤던 나의 위장에 밥을 구겨 넣게 만들었고, 선원들과 함께 뱃노래를 부르게 했으며, 내가 더 이상 뭍에 내려달라는 기도를 하지 않을 수 있게 했다.

그렇게 요동에 익숙해진 배에서 41시간 후에 내렸을 때는 땅멀미가 다 났다. 걸음마다 땅이 울렁였다. 선원들은 궤짝에 차곡차곡 쌓인 갈치들을 뭍에 내려놨다. 선원들이 마지막 궤짝을 옮기고 손을 털 때는 어쩐지 섭섭한 기분마저 들었다. 극한 상황 속에서 옴팡 정이 든 선원 여덟 분을, 나는 일일이 찾아다니며 마지막 인사를 했다. 뒤에 있던 선장님이 처음으로 빙그레 웃으며 말했다.

"고생했네."

잊지 못할 41시간의 제주 갈치배는 나의 훈장이 되었다. 그 후로 나는 어선을 타기 전에는 꼭 그 41시간을 먼저 떠올렸다. 그럼 어떤 고기잡이배라 해도 두렵지 않았다.

○

여담으로, 내가 갈치배를 탔던 그날, 원 작가는 나와 멀리 떨어져 있었다. 그때까지만 해도 작가의 본업에만 충실하면 되었기에 함께 갈치배를 타지는 않았다. 원 작가는 이 촬영을 하기까지 쉽지 않았던 과정을 내게 전달받았던 터라, 다른 날과 다르게 뭔가 불안하더라 했다. 그러던 차에, 저녁 즈음해서 제주 바다에서 어선 하나가 전복돼 심한 인명 피해가 났다는 뉴스를 봤다고 했다. 혹시나, 하는 마음조차 갖기 싫었던 원 작가는 그저 촬영이 잘 되고 있느냐고만 적어 문자를 보냈다는데, 내가 떠 있던 바다 위에서는 휴대폰의 안테나가 하나도 서지 않아 연락을 받을 수도, 할 수도 없었다.

뭍으로 돌아오는 순간, 먼 바다에서 전해지지 않았던 원 작가의 문자 수십 개가 폭풍처럼 날아들었다. 괜찮은 거냐고, 오면 연락 달라고 수십 번을 반복해 보낸 문자들에서 간곡함이 느껴졌다.

내가 다시 원 작가와 만났을 때, 평소 눈물 없기로 유명한 원 작가는 다행이라며 펑펑 울었고, 나는 그 모습에 놀라 눈물을 훔쳤다.

저 죽는 거 아니죠

나는 그 주름진 웃음들이 좋았고, 함께 살을 부비고 얼싸안는 시간
들이 좋았다. 거기에는 카메라 뒤에 있을 때 알지 못했던 따뜻한
체온이 있었다.

충남 아산에는 철인 G 선생님이 계신다. 이분으로 말
할 것 같으면, 몇 시간씩 산을 뛰어다니고, 맨손으로 절벽
을 타 야생 약초를 캐는, 그야말로 철인 약초꾼이다.

2013년 가을, 나는 이 약초꾼의 일상을 쫓아다니다 여
러 번 죽음의 공포를 느꼈다. 처음 만났던 날, 그는 나와
원 작가를 배에 태우고 지인이 소유하고 있다는 무인도
를 향해 갔다. 거기에 그가 점찍어둔 대물 약초가 있다고

했다. 이른 오전부터 통통배를 타고 한 시간가량을 달렸다. 짙은 안개 속에 무언가 거뭇거뭇한 것이 보인다 싶더니, 이내 가파른 절벽들로 이루어진 섬이 웅장한 모습을 드러냈다.

○

'서해에 이런 섬이 다 있었나.' 나는 고개를 갸우뚱했다. 여기서 약초를 캔다니, 아무리 둘러봐도 흙이 보이는 건 30미터에 가까운 수직 절벽의 정상 부근밖에 없었다.

"저 위로 올라갈 거유."

그는 설마 하는 나의 마음에 정확한 답변을 내려주고 배에서 훌쩍 뛰어내렸다. '그래도 같은 사람인데, 할 수 있겠지.' 하고 중얼거리며, 나는 운동화 끈을 질끈 동여매고 그의 뒤를 쫓아갔다. 절벽 바로 아래에서 올려다보니, 경사가 얼마나 가파른지 실감이 났다. 그는 이쯤은 아무것도 아니라는 듯 으쌰 하는 구호에 한 번씩 절벽을 올랐다. 나는 아, 입을 벌린 채 그 모습을 지켜봤다. 저 선생님의 별명은 스파이더맨이 아닐까. 그의 손바닥에서는 지금 접착제 같은 것이 나오고 있는 게 틀림없었다. 그렇지 않으면 저렇게 절벽에 붙은 채로 땅에서 걸어다니는 듯한 속도를 내기란 불가능했다. 나는 일종의 경외심을 가지고 그의 뒤를 쫓기 시작했다.

거칠게 튀어나온 돌들을 발판 삼아, 손잡이 삼아 오르다 보면, 이따금씩 약하게 붙어 있던 돌들이 부서져 흘러내렸다. 하아, 가방을 가지고 올 걸. 오른손에 들려 있던 카메라가 문제였다. 절벽을 오르는 그의 모습을 찍느라 어차피 가방에 넣는 것도 힘들었을 카메라 덕분에, 나는 왼손만 사용해서 돌을 짚어야 했다. 양손을 사용했더라도 저 스파이더맨을 따라가긴 힘들었을 테지만. 나의 상황이 열악하다 보니 그는 점점 더 내게서 멀어져갔다. 그를 절대 시야에서 놓치면 안 된다는 심정으로 정신없이 뒤를 쫓다가, 이제 숨 좀 찬다 싶어 문득 아래를 내려다보고 나는 하얗게 질렸다. '벌써 이렇게 높아졌다고?' 출발했던 지점은 한참이나 멀어져 있었고, 놀란 발끝에서 튀어 나간 돌들이 꽤 오랜 시간을 낙하해 파도 속으로 사라졌다.

여기까지 타고 왔던 배는 저 멀리 점처럼 보여서, 원 작가가 배 위에서 서 있는지 앉아 있는지도 분간이 안 됐다. 하필이면 그때, 저 약초꾼 선생님이 배에서 했던 말이 떠올랐다. '나는 예전에 절벽을 오르다 떨어져 어깨에 철심을 박았슈.' 나는 눈을 질끈 감은 채 나의 무모한 용기를 후회하고 있었다. 난간이 갖춰진 다리에만 올라가도 후들댔던 주제에 절벽이라니. 이제 내려가는 것도, 올라가는 것도 위태로운 수직 절벽의 중앙에서, 나는 떨리는 팔다리를 절벽에 찰싹 붙이고 외쳤다.

"하악. 서, 선생님! 같이 가요!"

'선생님', '같이 가요' 눈물 섞인 그 외침 속에는 이런 간절한 뜻이 있었다. 'G 선생님, 제발 고개를 돌려 저의 이 위험한 모습을 봐주세요. 그리하여 가시는 걸음 놓인 그 돌을 사뿐히 즈려밟고 가시옵다가 한번씩 저의 안녕을 확인해주세요.' 그 후론 내가 정상까지 무슨 정신으로 기어올랐는지 기억이 나지 않는다. 나는 그저 살기 위해, 당장 눈앞에 펼쳐진 돌들을 꽉 부여잡고 그저 한 발 한 발 내디뎠을 것이다.

"이게 부처손이에요."

약초꾼 선생님의 즐거운 듯한 음성이 들렸을 때에야 나는 비로소, 여기가 정상이구나, 용케 살아왔구나 했다. 죽기 살기로 오른 30미터 절벽의 꼭대기에는 놀라운 광경이 펼쳐져 있었다. 이리저리 휘어진 소나무들은 전부 뿌리가 단단한 바위를 뚫고 나와 있었고, 흙 한 줌 보이지 않을 바위틈 사이로 부처손이 군락을 이루고 있었다.

"와, 이게 다 어떻게 여기서 살지."

"그렇쥬? 생명력이란 게 참 대단해. 이 부처손은 중국에서 불사초로 불리는 약초예요. 먹으면 영원히 죽지 않고 산다고."

이 거칠고 척박한 곳에서 살아내다니, 그것 하나만 보더라도 불사초의 이름이 어울리는 풀이었다.

"중국에 있으면 당장에 다 없어졌을 텐데, 이 절벽 위에 있으니까 이게 살아 있는 거겠쥬?"

그러나 약초꾼 선생님은 불사초에는 관심이 없어 보였다. 그는 여유롭게 콧노래를 부르며 바위 사이를 전진했다. 그 거친 길로 한참 따라가다 보니, 마침내 우거진 풀숲 안쪽에 그리운 평지가 나왔다. 몇 시간 전, 저 아래에서 올려다봤을 때 유일하게 흙으로 덮여 있던 곳이 바로 이 지점이었다.

"내가 전에 여길 파다가 딱 느낌이 왔었그덩. 그날은 대물 뒤통수만 보고 집에 갔슈. 해 질 때가 돼서."

목숨을 걸어야 하는 이 길을 전에도 왔었다니. 나는 이 선생님을 약초꾼이 아니라 탐험가로 부르는 편이 낫겠다 싶었다. 그는 나뭇가지로 표시해뒀던 땅을 호미로 파내기 시작했다. 전에 한 번 파뒀던 땅이라 그런지 오래지 않아 그가 말한 대물의 뒤통수가 보였다.

"이거 봐. 보이지, 대물."

카메라의 LCD 창을 비껴나 실눈을 뜨고 봐도 그게 대물인지 내가 알 길은 없었다. 어차피 그가 나의 대답을 바라고 한 소리는 아닌 것 같았다. 그는 호미에서 낫으로, 맨손으로 도구를 바꿔가며 아주 조심스럽게 흙을 파내기 시작했다. "이게 뿌리를 다치면 안 되는 거그덩." 하는 그의 모습이 이제는 탐험가보다는 고고학자에 더 가까워 보였다. 심혈을 기울인 작업 끝에 대물의 뒤통수가 들어올려지기 시작했을 때, 나는 아까 미처 하지 못한 대답을 아주 크게 외쳤다.

"우와, 대물이다! 대물!"

"그류, 이게 대물 잔대유!"

그는 흡족한 표정으로 언뜻 커다란 도라지처럼 보이는 잔대(새싹은 식용으로 먹고, 뿌리는 굽거나 약재로 쓰는 식물)를 내밀었다. 길게 뻗은 뿌리까지 합치면 사람 상반신만 한 크기였다. "이게 50년 된 잔대유, 이런 건 이제 어디 가서도 볼 수 없는 괴물급이거덩." 하는 그의 말을 나는 충분히 믿을 수 있었다. 인삼도, 도라지도, 아니 내가 알고 있는 어떤 약초도 이렇게 큰 것은 본 적이 없었다. 그가 왜 몇 번이나 목숨을 걸고 이 절벽을 오르내렸는지 이제 조금은 알 것 같았다. 그래서 대물 약초로 불룩해진 그의 가방을 보며 절벽을 다시 내려갈 때는, 올라올 때보다 많이 떨지 않았다.

G 선생님은 본업이 약초꾼이었지만, 야생의 험한 것들과 마주한 일이 많아 마을에서 위험한 부업을 몇 개 더하고 있었다. 아니, 부업이라기보다는 봉사에 가까웠다. 이를테면 뱀이 돌아다닌다는 연락을 받고 잡으러 간다든지, 동네 말벌 집을 제거해준다든지 하는 것들이었다. 절벽에서 살아 돌아온 다음 날, 나는 마침 그가 말벌 건으

로 통화하는 장면을 목격했다.

"이이~ 처마 밑에 말벌이 집을 지었다구? 알았슈, 내 금방 갈게."

그는 전화를 끊고 나서 재빨리 커다란 종이박스 하나를 차에 실었다. 얼른 가쥬, 하며 그는 서둘러 운전대를 잡았다. 지프차를 얻어 타고 가는 동안, 그는 지금 말벌이 한창 알을 낳을 시기라 여기저기서 아주 난리라는 등의 말을 했고, 원 작가가 그 옆에서 조심하셔야겠다며 열심히 대답했다. 고향이 강원도에 있는 나는, 오래전 산속에서 있었던 벌 사건이 떠올라 아주 아무렇지 않은 척은 할 수 없었다.

그날은 집안 어른들과 함께 할머니 산소에 가던 날이었는데, 누군가 가다가 벌집을 잘못 밟았다. 성질이 난 땅벌들이 눈 깜짝할 사이 그 어른에게 떼로 달려들었고, 그분은 결국 쇼크로 병원에 실려 가셨다. 그날은 무슨 벌들이 그렇게 종류별로 많았는지, 나에겐 땅벌이 아니라 꿀벌이 달려들었다. 갑자기 꿀벌 세 마리가 동시에 옷 속으로 들어와 배에다 침을 쏴댔다. 보이지 않는 곳에서 공격할 곳을 찾던 날갯소리는 끔찍했다. 꿀벌도 그러했는데,

말벌이라니.

"다 왔슈."

밭 사이로 난 흙길은 그 끝이 낮은 산으로 막혀 있었다. 그 산 아래 오래돼 보이는 한옥이 하나 있었는데, 부서진 담벼락 주변에 사람 키만 한 풀들이 무성한 것으로 보아 사람이 살고 있는 집은 아닌 것 같았다. 처음 G 선생님께 전화를 했던 마을 어른 세 분이 담벼락 밖에 있다 손짓을 했다. G 선생님은 눈 인사를 한 후, 차 트렁크에서 종이박스를 꺼냈다. 그 안에는 일회용 보호복이며 장갑, 양봉 모자 같은 것들이 들어 있었다.

"이거 입어유. 지금 말벌이 두세 마리도 아니고 대단히 위험한 상황이유."

만일의 경우 때문에 원 작가는 마을 어른들과 함께 밖에 있기로 했고, 나만 보호복을 입고 그를 따라 안으로 들어가기로 했다. 보호복은 실험실 연구원 옷처럼 얼굴 부분만 뚫린 채 머리부터 발목까지 일체형이었다. 옷 위에 보호복을 덧입고 모자까지 뒤집어쓰고 나니, 초가을 늦은 오후라 그런지 등줄기에 땀이 흘렀다. G 선생님은 내 얼굴에 플라스틱 보호판을 덧대고, 그 위에 양봉 모자를 이중으로 씌워주며 말했다.

"혹시라도 양봉 모자를 들거나 하면 안 돼요. 이때다 싶어서 바로 공격한다니까."

네, 하며 나는 카메라를 꽉 쥐었다. 그 자리에 있던 여섯 명의 사람들은 다 같이 풀숲을 헤치며 걷기 시작했다. 이내 원 작가를 포함한 네 명은 부서진 담벼락에 멈춰서 지켜보고, 나와 G 선생님 둘이서만 마당으로 들어섰다. 말벌들이 묵직하게 윙윙대는 소리가 귀에 꽂혔다.

"이이, 여기 있네."

처마 밑에 제비집 세 배 크기의 거대한 말벌 집이 보였다. 엄지손가락만 한 말벌 몇 마리가 그 주변을 날아다녔다. 갑시다, 하는 그의 목소리에 나는 마른침을 삼켰다. 툇마루에 삐걱 올라서자, 낌새를 챈 말벌들이 곧장 우르르 몰려 나와 벌집을 새까맣게 덮었다. 당장이라도 공격할 태세였다. 코 앞에서 듣는 말벌 떼의 소리는 그것만으로도 충분히 위협적이었다. 나는 최대한 천천히 움직이며 그가 말벌 집에 다가가는 것을 카메라에 담았다.

그가 벌집에 조심스럽게 손을 뻗자, 말벌들은 맹렬한 공격을 퍼붓기 시작했다. 말벌들이 그의 팔을 지나 내가 든 카메라에, 장갑을 낀 손등에 대여섯 마리씩 몰려와 앉았고, 어깨며 등을 치고 지나가다 모자 위에 자리 잡고 침을 쏠 자리를 찾았다. 머리에 코에 땀이 흘렀다. 콧방울까지 흘러내린 안경을 고쳐 쓰려는 순간, 시시각각 기회를 엿보던 말벌 한 마리가 벌어진 양봉 모자 틈 사이로 잽싸게 들어왔다. 나는 1센티미터 두께도 안 되는 플라스틱 보호판을 경계로 말벌의 성난 눈과 마주했다. 얼굴 바로 위에서 울리는 말벌 소리가 머리부터 발끝까지 전달됐다. 그것은 곧장 보호판 안까지 날아 들어와 내 입술 아래에 침을 찔러 넣었다.

"으윽."

나는 카메라를 떨어뜨리고 휘청했다. 괜찮냐는 G 선생님의 외침이 말벌 소리와 함께 귓가에 울렸다. 지켜보던 원 작가도 놀라 괜찮냐고 소리치다가, 나중에는 내가 살아 움직이는 것을 보고 옆의 아저씨에게 다르게 외치고 있었는데, "선생님, 좀 찍어주세요, 저것 좀 찍어주세요." 하는 소리였다. 원 작가는 제 키를 훨씬 넘어서 난 풀숲 때문에, 까치발을 들고 아저씨에게 카메라를 건네며 촬영해달라고 애원하고 있었다.

그 와중에도 그런 것들이 다 들리고 보이는 것이 신기했다. 마을 어른 둘이 마당까지 뛰어 들어와 나를 부축해 데리고 나갔다. 입술 아래로 벌침이 파고드는 느낌이 났다. 나는 풀숲을 지나며 겁에 질린 얼굴로 물었다.

"저, 죽는 거 아니죠."

연세 많은 어르신들에게 말벌에 쏘이면 죽는다는 얘기를 수도 없이 들어왔으므로, 지금 내가 가장 확인하고 싶은 건 그것이었다. 말벌 집을 봉지에 묶고 나서 부리나케 달려온 G 선생님이 나를 보더니 우선 배를 한번 까보라고 했다.

"말벌 독이 안 맞는 사람들은 배에 붉은 반점들이 쫙 나타나거덩요. 근데 괜찮겠네, 안 죽어."

그제서야 긴장이 풀리면서 말벌에 쏘인 자리가 욱씬대는 게 느껴졌다. 너무 통통 부어서 입술이 세 개가 된 것 같다는 원 작가의 말에 웃다가, 불현듯 이 지경이 되느라 촬영을 놓친 것이 떠올랐다.

"아… 벌집 못 찍어서 어떡하지?"

"괜찮아, 내가 너 벌에 쏘였을 때 찍어달라고 했었어. 거기 담겼을 거야."

그래, 그러니까 이 두 인간은 찰떡인 것이다. 한 쪽은 어디 덴 것처럼 튀어서 덤벼들고, 다른 쪽은 차갑게 바라볼 줄 알아서. 솔직히 입술 언저리에 말벌 침이 박히고 생존 여부를 의심했던 그 순간, 그런 나를 찍어달라고 외치는 원 작가가 일면 야속한 부분이 없지 않았다. 그러나 그다음 날 편집하는 시간에, 없으면 말이 안 되는 모든 그림들이 담겨 있는 촬영본을 보고 나는 웃었다. 세상 누구보다 밝게.

며칠 뒤 G 선생님의 험난한 일상이 방송으로 나가고 나서, 주변 반응도 시청률도 굉장히 좋았다. 편집 없이도 그의 삶 자체가 이미 스펙터클해서 어느 정도는 예상했던 일이었다. 다만 베테랑 약초꾼을 따라다니다 가랑이가 찢어질 뻔했던 나에게까지, 그 이후 조명이 비춰질 줄은 몰랐다. 윗선에서는 비범한 인물과 대비되는 나의 지극히 인간적인 몸부림들에 박장대소했다.

그 후로 나는 좀 더 많은 비중으로 카메라 앞에 서게 됐다. 그러니까 정확히는 피디만 하다가 리포터를 겸직하게 됐다. 그것은 많은 용기를 필요로 했다. 리포터라는 사람들은 10분이든 한 시간이든 끊임없이 말을 이어 나가는 말 재주꾼들이 아닌가. 나는 말 실력은 형편없었지만, 다행히도 누군가를 배꼽이 빠지도록 웃게 만들고 싶다는 열망 하나는 컸다. 그 큰 열망에 비해 그렇지 못한 언변과 몸짓으로 삐걱대는 모습이, 후에 내가 만난 어머님 아버님들은 하도 어이가 없어서 웃으셨던 것인지도 모르겠다. 그렇다 할지라도 나는 그 주름진 웃음들이 좋았고, 함께 살을 부비고 얼싸안는 시간들이 좋았다. 거기에는 카메라 뒤에 있을 때 알지 못했던 따뜻한 체온이 있었다. 그렇게 7년간 전국의 어머님, 아버님들과 춤을 추며 다녔던 '이PD가 간다'라는 코너는, 내가 죽을 뻔했던 시간을 담아냈던 원 작가의 손끝에서 탄생했다.

하지만 입장을 바꿔 생각해보면, 절벽 중앙에 매달려 허우적대는 자를, 또 말벌에 쏘여 입술이 세 개가 된 자를 찍었다는 이유만으로, 그 이후 현장에서 7년을 돌아다닌 원 작가의 시간은 고됐을 것이다. 피디가 리포터 역할을 하게 되면서 생긴 촬영 공백을, 작가가 대신 카메라를 들고 메우느라 고생이 이만저만이 아니었을 것이다.

"나 왜 이렇게 머리카락이 빠지지."

어느 날 문득 원 작가는 머리를 감고 나면 머리카락이 한 움큼씩 빠지며, 빗질 후에는 떨어진 머리카락들 때문에 발 디딜 곳이 없을 정도라는 말을 했다. 나는 왠지 그 이유를 알 것 같았다. 원 작가는 내가 편집을 할 때만큼이나 섭외를 할 때 스트레스가 최고조에 이른다고 했다. 매주 촬영할 장소를 정하고, 그곳에 촬영 허가를 받고, 촬영하고 싶은 사람들에게 동의를 구하는 일이 '인생 같다'고 했다. 마음 먹은 대로 술술 잘 풀리기만 하는 것은 아니라서.

그래서인지 원 작가는 전화통을 붙들고 있을 때 보면 늘 머리까지 함께 쥐어뜯고 있었다. 아마 그 때문일 것이다. 섭외 전화를 하는 동안, 또 자막과 내레이션을 쓰는 동안 수없이 움켜쥐었던 머리카락이, 그날의 중력을 버티다 못해 이제서야 한 움큼씩 떨어져내리는 것이리라. 게다가 원 작가는 작가라는 직함으로는 안 겪었어도 될 촬영장의 찬 바람과 땡볕까지 맞아댔으니, 극한 시간을 지나온 그 머리카락이 안 빠지는 것이 훨씬 이상한 일이었다.

○

　원 작가가 머리카락을 희생하면서까지 매번 봄날 같지만은 않은 촬영장의 전우로 남아 있어줘서, 나는 이기적이게도 행복했다. 어머님, 아버님과 웃고 춤추던 시간들은 분명 행복했지만, 그 장면 뒤에 삭제된 비바람과 살인적인 더위가, 예상 못 한 불청객 같은 순간들이, 숭고한 전우 덕분에 내게는 덜 고통스러웠다. 그러니, 이 코너에 담긴 7년간의 봄, 여름, 가을, 겨울은 다 원 작가의 공이다. 지금까지와는 다른 방식으로 사람들과 마주하게 해주었던 원 작가의 혜안에 감사하며, 나는 오늘도 탈모에 좋은 샴푸를 찾는 중이다.

다이빙 공포

나는 다이빙이 본업인 그들처럼 추워서 떨지언정 두렵지 않다고는 말할 수 없을지도 모른다. 다만, 나는 다이빙에 대한 나의 기억이 더 이상 춥고 두려웠던 것에만 머물러 있지 않기를 바란다.

할머니는 장남이신 나의 아버지에 대해 '어릴 적부터 물을 너무 좋아했던 아이'로 가장 크게 기억하셨다. 종종, 네 아비는 학교가 끝나고 돌아오는 길에는 꼭 멀쩡한 다리를 놔두고 부러 그 넓은 강을 수영해서 건너오더라, 하셨다. 그는 성인이 되어서 요즘 '물의 사나이'라고 불리는 해군 특수전전단, UDT를 제대했고, 그 후에는 국내에 스쿠버다이빙을 처음 레저스포츠 형태로 도입한 1세대 스쿠버다이빙 강사가 되었다. 나는 그 덕분에 어릴 적부터 물과 함께할 기회가 많았다. 어릴 때 기억의 대부분이 어느 강 아니면 어느 바다에 있고, 더러는 죽을 뻔하기도 했다.

○

그 언젠가 들은 얘기로는, 아버지가 타셨던 배가 바다에서 한번 뒤집힌 적이 있었고, 그때 함께 타고 있던 여덟 명의 사람들이 모두 물에 빠졌는데, 아버지가 그들을 모두 맨몸으로 구출하셨다고 했다. 나는 그것이 퍽 감동적으로 들렸었나 보다. 그러니 내가 일곱 살이 됐던 어느날, 바다에 빠져 허우적대는 아이를 혼자서 구해내겠다는 무모한 용기를 냈으리라.

그날 나는 어김없이 아버지를 따라 남해의 어느 바다에 와 있었다. 어른들의 무리에서 빠져나와 혼자 수영을 하고 있었는데, 나와 그리 멀지 않은 곳에서 퍽 하는 소리와 함께 물놀이용 보트가 뒤집혔다. 그걸 타고 있던 내 또래의 여자아이가 그대로 물에 빠져 좀처럼 밖으로 나오질 못했다. 양팔만 휘적댈 뿐 물속에서 꺽꺽대고 있는 것이 보였다. 모래사장 저 멀리에 아이의 식구로 보이는 무리가 있었으나, 서로 이야기 중이라 시선이 아이를 향해 있지 않았다.

"저기 물에 빠졌어요." 하고 두어 번 외쳤던 것이 파도 소리에 묻히자 나는 무작정 그 아이를 향해 헤엄쳤다. 허우적대는 아이와 가까워졌을 때, 나는 온몸으로 느꼈다. 사람이 살고자 하는 강력한 힘을. 아이는 나를 보자마자 어깨를, 머리를 짓눌렀고, 숨을 쉬기 위해 발버둥쳤다. 나는 물밑에서 이 아이가 어느 정도 숨을 쉬면 안정을 찾겠지 하고 기다렸지만, 생존본능으로 성인보다 강해진 악력이 나를 놓아주지 않았다.

그때부터는 구해주기 위해 들어왔던 것이 무색하게 서로 살고자 엎치락뒤치락 안간힘을 썼다. 사는 동안 마실 바닷물을 다 마셨던 그때 나는 깨달았다. 아, 나는 아버지가 아니구나. 나는 아버지처럼 멋지게 그 아이를 구해주고 싶었지만, 그 아이의 삼촌에 의해 뒷목이 잡힌 채 구출되었다. 그리하여 물에 대한 나의 인식은, 살리는 것이 아니라 살아내야 하는 것으로 변했다.

그 일이 있고 나서 얼마 후, 나는 아버지의 교육생 중한 명이 되어 동해에서 스쿠버다이빙을 하게 됐다. 열 명정도 되는 사람들이 둘씩 짝을 지어 바닷속에 들어갔는데, 나의 짝은 30대 중반 정도 되는 남자였다. 바꿔 말하자면, 그의 입장에서 나는 별로 믿음직스럽지 않은 일곱살짜리 짝꿍이었다. 모두 교육받은 대로 부력조절기의공기를 빼고 바닷속 10미터까지 하강했다. 동해는 아래로 내려갈수록 그 빛깔이 짙푸르다 못해 검어져서, 신비하다기보다는 두려운 쪽에 가까운 느낌이 들었다. 고요한 물속에는 열 명의 다이버들이 숨을 들이마시고 내뿜는 소리만 가득했다. 그때 나는 뭔가 이상한 소리를 들었다. '툭' 하고 무언가 빠지는 느낌과 함께, 어디선가 압력밥솥에서 김빠지는 것 같은 소리가 났다. 나는 그것을 다이버 중에 누군가의 숨소리가 유독 큰 것이라고 착각했다. 아니, 착각하고 싶었다. 거기는 10미터 바닷속이었고어떤 작은 문제도 생존 문제로 직결되는 곳이었다. 나는이상한 느낌이 영 사라지지 않아 두리번거리다 뒤를 돌아봤다. 맙소사. 그 소리는 나의 공기탱크에서 10미터 수면 위를 향해 강력하게 공기가 빠져나가는 소리였다. '촤악' 하고 치솟는 그 공기 줄기를 봤을 때, 나는 마실 공기가 없어진다는 걱정보다, 이러다가 공기탱크가 내 등 뒤에서 조만간 터져버리고 말거라는 공포감에 먼저 휩싸였다. 나는 짝꿍의 손을 뿌리치고 위로 올라가기 위해 발버둥쳤다. 하지만 30대 짝꿍은 이 영문 모를 어린아이의 몸부림이 걱정돼 잡은 손에 더 꽉 힘을 주었다.

우우우, 나는 물속에서 비명을 지르며 이 강력한 손아귀를 몇 번이나 거칠게 털었다. 놀란 남자가 멈칫하며 손을 놓쳤고, 나는 곧장 온 힘을 다해 오리발을 찼다. 우르륵 하고 얼굴이 물 밖으로 나온 순간, 나는 으앙 울음을 터뜨리며 공기탱크부터 거칠게 벗어던졌다. 그 공기탱크와 연결된 부력조절 조끼는 다 합하면 300만 원이 넘는 금액으로, 단 한 번도 그런 대우를 받아본 적이 없었을 것이다. 나의 울음보다 더 놀란 숨을 뿜어내며 물속에 가라앉던 공기탱크는, 다행히 아버지의 손에 의해 구출되었다. 공기탱크와 연결된 밸브에서 작은 고무 링이 빠지면서 벌어진 해프닝이었다. 아버지는 나를 딱히 여기셨고, 그날은 더 이상 나를 데리고 물속에 들어가지 않으셨다. 나는 그날 못했던 다이빙을 26년 후 방송에서 원 없이 했다.

하지만 여태껏 방송에서 했던 나의 다이빙은, 아버지가 국내 스쿠버다이빙 업계의 선두주자라는 말을 할 수 없을 정도로 잘못돼 있었다. 아버지 없이 첫 다이빙을 시도했던 통영 연화도에서는 방송 하나를 틀고 섬에 오느라 전날 밤을 지새운 상태에서 물속에 들어갔고, 그 이후의 다이빙들도 별반 다르지 않은 상황에서 진행됐다.

게다가 한국의 바다는 그것이 동해든 서해든 남해든 간에, 또 겨울이든 여름이든 간에 모두 추웠다. 아무리 두꺼운 잠수복을 입고 들어가도 맨살로 계곡물에 입수하는 느낌이 들었다. 그러면 공기탱크와 연결된 호흡기를 꽉 물고 있어도 이가 덜덜 떨렸다. 그래도 일곱 살의 그날처럼 오리발로 박차고 나와 울진 않았다. 그런다고 물속의 그림들이 알아서 담기는 것은 아니었기에. 나는 내가 믿는 최고의 그림을 위해 30분만, 한 시간만 하면서 버텼다. 보통 이렇게 하는 다이빙을 안전하지 않은 다이빙으로 여기는데, 떨면서 과로하면서 하는 다이빙이 심각한 질병을 유발할 수 있기 때문이다.

하지만 나는 안전보다 잘 짜여진 시간의 흐름을 선택했다. 영상 한 편이 완성되려면 수중 그림 말고도 뭍에서의 볼거리와 먹거리까지 내용을 두세 개는 더 엮어야 했다. 그래서 원래는 휴식이 권장되는 다이빙 당일 혹은 그 다음 날, 높은 산을 타거나 촬영할 것을 두어 개 몰아서 찍거나 하면서 한계를 시험했다. 시간에 쫓기는 나의 다이빙은 늘 급박했다. 그리고, 사실은 그 어떤 촬영보다도 두려웠다.

내가 다이빙을 두렵다고 표현하는 것은, 일생을 그 일에 종사하시며 나를 가르치셨던 아버지에게도, 또한 다이빙을 너무 사랑하는 사람들에게도 상처가 될지 모른다. 무엇보다 언젠가 내가 다시 다이빙을 해야 하는 순간이 오면, 그걸 하려는 나의 의지에 가장 큰 상처가 될 것이다. 그래서 방송을 잠깐 쉬어가던 어느 날, 필리핀의 한 바다에서 나는 이 두려움과 직면하기로 했다. 전 세계에서 수중 시야가 깨끗하기로 손꼽히는 필리핀 바다, 그중에서도 더 맑은 곳을 골라 자리 잡은 한국 다이버들이 거기에 있었다.

나는 그들에게 물었다. 당신들이 삶을 던져 업으로 삼은 그 일이 정녕 두려운 적이 단 한 번도 없었느냐고. 그들은 추워서 떤 적은 있어도 두려운 적은 없었다고 답했다. 그러니 나의 이 문제도 목욕탕만큼 따뜻한 이 바다에서는 간단히 해결될 일이라 했다.

나는 그들의 제안대로 나에게 거추장스러운 모든 것들을 버리는 다이빙을 해봤다. 입는 데만 한참이 걸리는 뻑뻑한 잠수복 대신 입고 있던 반팔과 반바지를 그대로 입었고, 가장 가벼운 장비를 골라 착용했다. 나는 할 수 있는 최대한으로 느긋하게 굴었지만, 그들은 더 천천히를 외치며 몸에 밴 긴장감을 버리게 만들었다. 그날 나는 여지껏 들어갔던 수심보다 한참 더 깊이 내려가 다이빙을 했는데, 연거푸 두 번이나 들어갔음에도 전부 떨지 않았다.

○

운이 좋은 날이라야 시야가 뚫리는 한국의 추운 바다에서, 다시 급하게 다이빙을 한다면 아마 나는 또 떨게될 것이다. 나는 다이빙이 본업인 그들처럼 추워서 떨지

언정 두렵지 않다고는 말할 수 없을지도 모른다. 다만, 나는 다이빙에 대한 나의 기억이 더 이상 춥고 두려웠던 것에만 머물러 있지 않기를 바란다. 그리하여 내가 어떤 당신과 다시 다이빙에 대해서 말할 때는, 두려움보다 푸른 물빛에 대해, 산호초와 물고기 떼에 대해, 행복함에 대해 한참 이야기할 수 있기를 바라본다.

24시 대기조

나는 한참을 고민하다 그 아이에게 나와 똑같은 이름을 지어주었다. 송아지는 그 이름표를 목에 달고 잘 자랐을까. 지금은 여전히 어여쁜 얼굴로 웃는 큰 젖소가 됐을까. 종종 우유를 따라 먹다가 한 번씩 그 송아지의 안부가 궁금해지곤 한다.

그 소는 어떤 모습으로 변해 있을지 궁금하다. 전라남도 무안에서 태어나 나와 같은 이름을 가지게 된 젖소. 14년 전, 그 소가 아직 어미 배 속에 있을 때 나는 그 소의 탄생을 누구보다 강렬히 바라고 있었다. 태어나지도 않은 소를 알게 된 것은 물론 원 작가의 섭외를 통해서였다.

원 작가는 그날도 한 줌의 머리를 쥐어뜯으며 통화 중이었는데, 한 시간가량의 통화 끝에 굉장히 상기된 얼굴로 달려와 말했다.

"무안에 있는 젖소가 새끼를 낳는대!"

"진짜? 언제?"

"어미 배 모양 보면 금방 나올 것 같대. 하루? 이틀? 그 안에."

○

우와, 대박이다, 하며 나는 황급히 카메라 가방을 챙겼다. 소의 분만 과정이라니. 촬영하기 전부터 신기하고 거룩한 마음이 샘솟았다. 다음 날 네 시간을 달려 무안의 젖소 목장에 도착했을 때, 한 젊은 여자분이 나와 우리를 반겨줬다. 그녀는 이 목장의 대표가 자신의 아버지이며, 자신은 가업을 물려받기 위해 일을 배우는 중이라 했다. 굳이 젖소가 아니더라도 '목장'이라는 울타리 안에서는 힘을 쓰는 일이 많지 않던가. 그런데 내 앞의 이 여리여리한 체격, 예쁘장한 얼굴, 하물며 젊은, 젖소 목장 여성 차기 대표의 모습이 퍽 인상적이었다. 그녀는 우리를 젖소 우리로 안내했다.

"저 소예요. 다른 소들보다 배가 불룩하죠? 새끼를 배서 그래요."

참말이었다. 젖소가 황소와는 다르게 배 아래가 원체 수많은 젖들로 축 처져 있어서 잘 간파하지 못했을 뿐, 알고 나니 그게 보였다. 출산을 앞둔 젖소의 배는 다른 소들보다 더 단단하게 아래로 처져 있었다. 저 어미 배가 군데군데 울룩불룩하게 튀어나온 것은, 그 안에 슈퍼맨 자세를 하고 있다는 송아지의 발 때문일 것이다.

"혹시 새끼가 언제 나올지 정확히 알 수 있나요?"

"그건 모르죠. 어미 젖이 탱탱하게 부은 걸로 봐서는 곧 나올 텐데. 기다려봐야 돼요."

그녀는 소의 출산이 낮일지, 밤일지 모를 일이니 계속 곁에서 떨어지지 말고 지켜봐야 한다고 했다. 그러면서 그녀는 축사 옆의 한 건물을 가리켰다.

"저기서 쉬시면서 기다리세요."

그 건물의 1층은 사무실이었고, 2층에는 휑하니 잡동사니 하나 없는 다락방이 있었다. 우리의 기약 없는 기다림이 채워지게 될 공간이었다. 우리는 훗날 젖소 목장 주인이 될 당찬 여인의 하루 일과를 찍다가, 해가 떨어진 후에는 그곳에서 불침번을 섰다. 언제 새끼가 나올지는 어미 소 자신도 모를 일이었으니, 밤이 새도록 틈틈이 창밖을 내다보는 게 우리의 임무였다.

시간이 지날수록 가을밤의 찬 기운이 쌓여 방 안이 얼음장이 됐다. 덜덜 떨면서도 새벽 2시가 넘어가자 잠이 쏟아지기 시작했다. 언제든지 튀어나갈 수 있게 카메라를 바로 옆에 두고, 나와 원 작가는 번갈아가며 쪽잠을 잤다. 혹시 몰라 맞춰 놓은 수십 개의 알람이 까무룩 잠들 때쯤이면 울려대 화들짝 놀라 깼다. 이틀을 그러고 나니 눈에 핏발이 잔뜩 선 채로 영 정신이 없었다. 3일째로 접어들던 새벽, 밀려드는 잠으로 정신이 아득해져 가던 그때 문밖에서 다급한 목소리가 들렸다.

"나오세요. 이제 곧 새끼 나올 것 같아요."

나와 원 작가는 용수철처럼 튀어 올라 축사를 향해 뛰어갔다. 어두컴컴한 곳으로 급작스럽게 나오니 눈앞의 것들이 제대로 분간이 되지 않았지만, 뒤척이는 어미 소의 실루엣만큼은 선명히 보였다. 카메라 창을 열고 숨을 고르는데 그녀가 옆에 다가와 작게 속삭였다.

"새끼 날 때는 어미 소가 스트레스 받을 수 있으니까 최대한 조용히 찍으셔야 돼요."

나는 고개를 끄덕이며 카메라 버튼을 눌렀다. 어미 소는 벌렁 드러누웠다, 힘겹게 일어섰다 하며 한번씩 고통스러운 울음을 토해냈다. 뒤꽁무니에 무언가 주렁주렁 달고 다니는 것이 새끼인 줄 알았더니, 그게 아니라 새끼를 둘러싸고 있던 양막이 먼저 나온 것이라 했다. 꼬리가 들린 자리에 문어 머리통 같은 양막을 달고, 어미 소는 몇 번을 주저앉아 울었다. 그러길 수십여 분, 양막이 터지면서 양수가 쏟아졌다. 새벽의 찬 기운에 양수로 모두 젖은 어미 소의 뒷다리에서 김이 났다. 어미 소는 이제 울음소리마저도 못 냈다. 한 번씩 옆으로 쓰러져 네 다리가 들리도록 뒹굴 때마다 뼈가 드러나게 숨을 헐떡였다.

새끼의 앞발이 보이기 시작할 무렵부터는 하늘을 향해 머리를 치켜들며 떨었다. 하이고, 힘겨운 싸움을 하는 어미 소의 모습에 우리는 동시에 한숨을 토해냈다. 어미 소는 한 시간가량 생살을 찢어 새끼 소를 빚어내고 있었다. 새끼의 앞발이, 머리가, 몸통이 차례대로 만들어져 나왔다. 그러는 동안 몇 번씩 눈이 돌아가던 어미 소가 사력을 다해 몸부터 일으켰다. 일어난 그 자리에 작은 것이 꿈틀대고 있는 게 보였다. 으아, 우리는 기함했다. 어미 소는 미처 다 빠져나오지 못한 태반을 엉덩이에 주렁주 렁 단 채로 새끼 소의 젖은 몸부터 핥았다. 저것이 모성 애란 것이구나. 그것을 수십 년 동안 받아왔으면서도 온 전히 이해하지 못했는데, 그 실체를 눈앞에서 맞닥뜨리 니 온몸에 전율이 흘렀다. 제 어미와 꼭 닮은 점박이 새 끼 소는 그 뜨거운 모성애로 한 시간 만에 자리에서 일 어났다. 새벽에 태어난 것이 믿기지 않게 그 녀석은 그날 오전부터 걸어 다니기 시작하더니, 오후에는 저보다 일 찍 태어난 송아지들 사이에서 우월한 미모를 자랑하며 서 있었다.

○

나는 여태껏 그렇게 예쁜 송아지를 본 적이 없었다. 다른 것들보다도 유난히 코가 분홍빛으로 반짝였고, 얼굴의 희 고 검은 얼룩이 너무나 조화롭게 자리잡혀 있었다. 3일간, 어미 소를 대신해 두 손을 모았던 우리의 기도 때문에 이

송아지는 이렇게나 예쁘게 태어난 걸까. 나는 그때 알았다. 자연의 섭리를 따라 하염없이 기다리던 것이 결코 시간의 덫이 아님을. 목장의 부대표가 물었다.

"무슨 이름으로 할까요? 원하시는 이름을 달아줄게요."

나는 한참을 고민하다 그 아이에게 나와 똑같은 이름을 지어주었다. 송아지는 그 이름표를 목에 달고 잘 자랐을까. 지금은 여전히 어여쁜 얼굴로 웃는 큰 젖소가 됐을까. 종종 우유를 따라 먹다가 한 번씩 그 송아지의 안부가 궁금해지곤 한다.

울렁울렁 울렁대는
울릉도의 기억

내가 '잊혀지지 않을 혹독한 여정'이라며 한데 묶어 털어놓은 이 모든 이야기들은 다시 하라고 하면 두 번 다시는 못 할 것들이다. 그만큼 위험한 일들이었고, 그럼에도 불구하고 무식하게 용감했다.

'울릉도 트위스트'라는 노래를 듣고 있으면 감탄이 나온다. 이 노래는 그 가사에 울릉도에 가서 내가 겪은 모든 것들을 3분 안에 요약해 담고 있다.

6년 전 봄, 나는 울렁울렁 울렁대는 가슴을 안고 울릉도로 향하는 쾌속선에 몸을 실었다. 이날, 파도에 트위스트를 추는 뱃머리보다 나의 가슴이 울렁댔던 이유는, 울릉도에서 3일 동안 두 편의 방송 분량을 뽑아와야 했기 때문이다. 제주도, 울릉도처럼 차만으로는 도착할 수 없는 곳, 그러니까 비행기나 배로 한 번 더 갈아타고 가야 하는 지역들은, 제작비용상 한 번 가면 두 번 방송이 될 만큼 촬영을 해와야 했다.

○

"아이고, 아버지!"

어머님 몇 분의 외침과 함께 배가 하늘로 솟구쳤다 떨어졌다. 동해의 파도가 유독 거칠다는 것은 알았지만, 그날은 바람까지 더해져 흔들림이 심했다. 이래서 동해의 가장 끝에 있는 섬, 독도에 닿으려면 삼대가 덕을 쌓아야 한다는 말들을 하는구나 싶었다. 그 독도와도 그리 멀리 떨어지지 않은 곳이 울릉도였다. 그날은 울릉도에 도착하는 일에도 삼대의 덕이 필요해 보였다. 파도의 세기를 보아하니, 오늘 드론을 날리면 또 휘청대겠구나 하는 생각부터 들었다. 비단 이 문제가 아니더라도 나는 머리가 복잡해 도통 잠을 이룰 수 없었다. 3일이라는 시간은, 이런저런 변수들까지 합치면 방송 한 편용 촬영을 하기에도 부족한 시간이었다. 더군다나 그 안에 서울에서 울릉도까지 왕복하는 열다섯 시간이 포함돼 있으니, 말이 3일이지 따져보면 촬영 시간은 이틀 남짓이었다. 이 모든 것을 긍정적인 마음을 쥐어 짜내 이겨낸다고 해도, 단 하나도무지 감당하기 힘든 것이 있었다.

그날 살인적인 스케줄 속에는 15미터 절벽 다이빙이 잡혀 있었던 것이다. 예전에 울릉도에서 태어난 용감한 어린이들이 다이빙을 하고 놀았다는 아찔한 바위. 거기서 나도 용기를 내 뛰어내릴 수 있을까. 아무리 고소공포증이 있다지만, 눈 한번 딱 감고 뛰어내리면 되지 않을까. 15미터 바위에서 바닷속으로 떨어지는 것을 몇 번씩 그려보느라, 울릉도로 향하는 내내 나의 가슴은 울렁댔다.

묵호항에서 출발한 배는 세 시간이 걸려 울릉도에 도착했다. 항구에 내리자마자 와, 하는 감탄부터 나왔다. 높이를 가늠할 수 없는 검은 절벽들이 삐죽삐죽 항구를 둘러싸고 있었다. 무섭다, 하고 원 작가가 말했다. 절벽들이 너무 거대해서 바다에도 큰 그림자가 졌다. 나와 원 작가, 조연출의 체중에, 셋이서 각자 지고 있는 촬영 장비 무게까지 더해 이 섬을 쿵쿵대고 다니다 보면, 언젠가 저 절벽 끝에 기이하게 빚어진 암석들이 굴러떨어져 내릴 것 같았다. 아니나 다를까, 잠시 후에 만난 렌트카 회사 직원도 그런 말을 했다.

"울릉도에서 운전할 때는 정말 조심히 다녀야 해요. 가끔 위에서 바위가 굴러떨어질 때가 있거든요. 가다가 갑자기 눈앞에 낙석 무더기가 보이기도 하고."

나는 은근히 차오르는 공포심이 모두에게 퍼질까 봐 그저 웃으며 알았다고 대답했다. 운전대를 잡은 후, 나는 몇 번이나 헉, 저것 좀 봐 하고 외쳤다. 그 직원이 말했던 낙석 때문은 아니었다. 설사 낙석이 있었다 할지라도 그런 건 눈에 들어오지도 않았다. 운전하는 내내 길 한쪽에는 깎아지른 절벽이, 다른 쪽에는 바다가 펼쳐졌다. 그 바다 위에 촛대바위, 거북바위, 코끼리바위 등 온갖 기암괴석들이 솟아 있었고, 거기에 쉴 새 없이 부딪히던 파도가 언제든지 마음만 먹으면 도로로 밀려들 것 같았다. 울릉도는 그렇게 무섭도록 멋진 섬이었다.

"와, 진짜 학 모양이네. 저건가 봐, 학바위."

저 멀리, 종이학을 왼쪽으로 돌려놓은 듯한 바위가 보였다. 저 학의 날개 부분, 그러니까 삼각형 모양의 바위 꼭대기가 바로 다이빙을 하는 지점이었다. 잠시 잊고 있었던 두려움이 다시 스멀스멀 피어올랐다. 학바위에서 약 100미터가량 떨어진 모래사장 부근에 집이 몇 채 있었는데, 그것과 비교해보면 바위가 얼마나 높은지가 한눈에 보였다.

"어서 오세요."

미리 연락이 닿아 있던 이곳 주민 한 분이 우리를 맞이했다. 머리가 희끗하긴 했지만 얼굴은 한 40대 초반쯤으로 보였다.

"선생님, 어렸을 때 정말 저기서 다이빙 하셨어요?"

"전 아니고. 저보다 훨씬 전의 형들이 그렇게 놀았죠."

"지금도 저기서 다이빙할 수 있는 분이 있나요?"

"그렇게 놀던 사람들은 다 나이가 들었죠. 여기가 옛날 천연 놀이터였다는 걸 아는 관광객들이나 한번씩 찾아오는 거지."

바람이 있는 날이라 그런지 그 관광객들조차 한 명도 없었다. 별수 없었다. 이 학바위가 천연 다이빙대였다는 것을 증명하려면 몸소 뛰어내릴 수밖에.

"어떻게, 뛰어내릴 수 있겠어요?"

나는 "네." 하고 비장하게 말했다. 카메라 장비들을 부산스럽게 챙기면서, 나는 이것저것 바쁜 척으로 두근거림을 위장했다. 그는 고무보트로 우리를 학바위까지 데려다주겠다고 했다. 보트에 올라탄 순간부터, 학바위는 이상하게 가까워질수록 점점 더 자라나는 것 같았다. 바로 아래에서 올려다보니 한참이나 하늘로 솟아 있어, 사실은 15미터가 훨씬 넘는 높이를 누가 잘못 쟀던 것이 아닌가 싶었다. 나는 괜히 조연출에게 잔소리를 했다.

"J야, 나 두 번은 못 뛴다. 저쪽으로 가면 잘 찍어야 돼."

조연출이 잘 찍든 못 찍든 두 번 뛰지는 못한다면서 말이 많았다. 그냥 보트에서 학바위로 건너가는 시간을 1분이라도 더 벌고 싶었다고 하면 될 것을. 청심환을 깜박한 게 후회가 됐다. 학바위에 발을 디뎠을 때, 심장이 뛰는 진동이 발바닥에서도 느껴졌다. 삼각형 모양의 학바위는 경사가 가팔라 정상에 오르는 일 자체가 이미 공포였다. 15미터의 절반가량밖에 못 올랐을 때도 아래를 내려다보기가 힘들었다.

"그냥 여기서 뛸래?"

뒤따라오며 나를 찍던 원 작가가 말했다. 내가 쭈뼛거리자 원 작가는 위로하듯 말을 덧붙였다.

"정상에서 뛰는 게 무서운 사람들은 다 여기 7미터에서 뛴대."

'그으래? 7미터에서 뛰어도 멋진 그림이 나오겠지? 그치?' 하면서 슬쩍 아래를 보니, 이미 타고 온 보트가 손바닥만 한 크기로 보였다. "하악, 떠, 떨어질 것 같아. 여기도 이미 무서워." 바위에 달라붙은 채 위를 쳐다보니, 정상까지는 가파르지만 코앞이었다. 여기서든 저기서든 무섭기는 매한가지일 거라면 더 나은 그림을 택해야 후회가 들지 않을 것 같았다.

"아…아니야. 고."

에라 모르겠다, 일단은 정상까지 용을 써보자 싶었다. 원 작가가 한 손에 카메라를 들고 기어오르는 게 위태로워 보여서라도 어서 올라가기만이라도 하자 했다. 낮은 포복으로 꼭짓점에 당도했을 때, 나는 아래를 내려다보고 순간 현기증이 일었다. 7미터에서 보던 것과는 차원이 다른 풍경이 펼쳐졌다. 손바닥만 하던 보트는 엄지손톱만큼 작아졌고, 그 이상 크게 보이는 것은 이제 아무것도 없었다.

"파이팅. 나 이제 내려가서 찍을게."

"자…잠깐."

이 높은 델 혼자만 올라온 게 아니라는 것이 유일한 위안이었는데. 그러나 어쩔 수 없는 노릇이었다.

"왜?"

"아니… 조심히 내려가라고."

원 작가가 내려가는 동안, 나는 엎드린 채로 갈매기 소리와 절벽 아래에서 부서지는 파도 소리를 들었다. 끼룩끼룩, 철썩철썩. 그 소리가 '못 하겠으면 내려가, 그만둬.' 하는 소리로 들렸다.

"나 준비 됐어!"

멀리서 원 작가가 외치는 소리에 고개를 들었다. 측면 바위에 고정해둔 카메라 하나, 원 작가 카메라 하나, 조연출 카메라 하나가 빨간 불을 켜고 쳐다봤다. 나는 다리를 달달 떨며 일어섰다. 자칫 잘못하다 원치 않는 타이밍에 떨어져버릴 것 같았다.

"자, 셋 셀 테니까 뛰어봐요!"

보트에 함께 타고 있던 주민분이 외쳤다.

"하나, 둘….."

셋 함과 동시에 뒤에서 도약해 힘차게 바다에 입수하는 상상만 수없이 하고, 몇 번씩 셋을 들어도 다리가 떨어지지 않았다. "셋!" 하는 소리가 귓가에 울릴 때마다 미안함과 자신에 대한 책망이 동시에 몰려들었다. 그러면서도 이상하게 포기하고 싶진 않았다. 저 세 대의 카메라에 담겨 이 학바위를 그림으로 잘 설명해내고 싶었다면, 너무 거룩한가. 어쨌든 모두가 기다리고 있는 이 상황은 내가 뛰어내리거나, 포기해야 종료될 것이었다. 나는 30분간 주저했던 나에게 종말을 고했다.

"자, 간다! 하나, 둘….."

셋, 하며 나는 두 눈을 질끈 감았다. 온몸의 힘을 끌어다 바위에서 다리를 떼어내는 데 썼다. 훅 하고 떨어질 때는 악 소리도 안 나왔다. 아래로 계속해서 꺼져가는 꿈속의 기분 나쁜 느낌이 엄습했다. 다리를 버둥대며 이쯤이면 끝이겠지 해도 당최 물에 닿질 않았다. 한순간 갑자기 바다의 찬 기운이 훅 끼쳐오면서, 첨벙 소리를 내며 나는 물속으로 빨려 들어갔다. 푸악, 하고 물 밖으로 얼굴을 들어 올렸을 때야 끝났다, 하는 느낌이 들었다.

○

"어우, 해냈어!"

원 작가의 목소리는 내가 여지껏 들은 소리 중 가장 반가운 소리였다. 내가 '잊혀지지 않을 혹독한 여정'이라며 한데 묶어 털어놓은 이 모든 이야기들은 다시 하라고 하면 두 번 다시는 못 할 것들이다. 그만큼 위험한 일들이었고, 그럼에도 불구하고 무식하게 용감했다.

왜 그렇게까지 하느냐고 물어보는 사람들에게 그때도, 지금도 나는 여전히 답을 하지 못한다. 다만 그림으로 말하는 업을 가졌으니 그때는 그게 나의 최선이었다고, 속으로 중얼거릴 뿐이다.

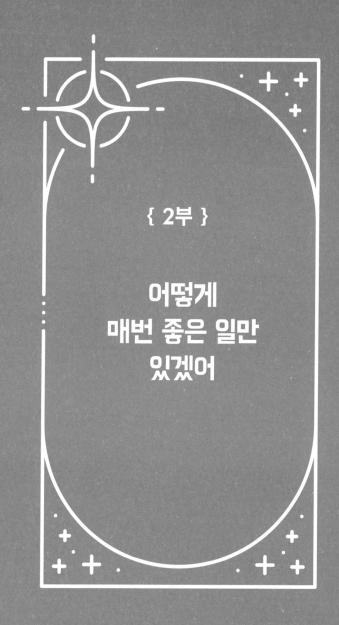

{ 2부 }

어떻게
매번 좋은 일만
있겠어

사실은 수산물을 못 먹어요

> 어쨌든 나는 세월에 감사해야 한다. 그 시간들이 지나, 이제는 술 한잔에 곁들이는 회 한 접시가 얼마나 단 것인지 알아버렸기 때문이다.

수산물 예찬론자들이 들으면 기겁할 일이지만, 나는 한때 수산물을 잘 먹지 못했다. 회 중에 유일하게 맛을 알았던 오징어회는 살보다 초장을 더 많이 찍지 않으면 입에 못 넣었고, 꽃게장이며 매운탕 같은 것들도 양념 사이에 비린 향이 나 입에 가져가질 못했다. 그때 눈앞에서 스쳐간 수산물들을 생각해보면 참 안타깝다. 그게 다 얼마나 몸값 비싼 녀석들이었는데.

시간이 지나서 입맛이 변한 것인지, 아니면 오랜 시간 억지로 욱여넣고 돌아다녔기 때문인지, 어찌 됐든 세월의 힘으로 나는 이제 수산물의 맛을 알게 됐다. 다만 이렇게 되기까지는 한참이 걸렸는데, 내가 매번 잘 차려진 수산물 한 상만 먹고 돌아다녔던 것은 아니기 때문이다.

○

예전에 원 작가가 나를 출연자로 매우 굴렸던(?) 멍게 일화가 생각난다. 10년 전 멍게가 제철을 맞은 어느 봄날, 우리는 멍게 하면 빼놓을 수 없는 곳, 경상남도 통영을 찾았다. 4월 초순의 통영에는 벚꽃이 다 떨어져 있었는데, 그 꽃이 바다에 활짝 피어 있었으니 아쉬워할 건 없었다.

이때쯤이면 통영의 바닷속에는 긴 밧줄 하나에 통통하게 살이 오른 수백 개의 멍게들이 다닥다닥 붙어 있다. 그런 밧줄이 수천, 수만 개가 넘으니, 바닷속이 그야말로 멍게 세상이다. 멍게 철에는 이 밧줄을 수십 개씩 끌어올린 후, 배 후미에 묶어 작업장으로 끌고 오는데, 배가 앞으로 가면 붉은 멍게가 달린 밧줄들이 일제히 펴진다. 푸른 물길을 따라 수천 개의 붉은 멍게들이 넘실대는 이 모습을 보고, 오래전부터 통영에서는 멍게를 바다의 붉은 꽃이라 부른다 했다.

바닷가에 죽 늘어선 바지선 작업장마다 밧줄에서 하나하나 떼어낸 멍게들이 한가득이라 바닥이 온통 붉었다. 이것들을 크기별로 분류해 출하하는 작업이 한창인 때였다. 우리는 한 바지선 작업장을 찾아 인사했다.

"안녕하세요, 다들 바쁘시네요."

작업장에는 나이가 지긋하신 어머님 아버님이 열 분도 넘게 계셨지만, 바닥에 잔뜩 늘어놓은 멍게들을 분류하느라 다들 정신이 없었다. 누구 하나 제대로 인사를 받아주지 못했다. 아마 그때부터였을 것이다. 내가 출연할 적에는 일을 도와드리기 시작한 것이.

제철 먹거리들을 촬영하러 나설 때는 대부분의 산과 바다가 몹시 바쁘니, 말 한마디 걸기가 조심스러웠다. 그러니 일손을 보태고 이야기 나눌 시간을 벌어야겠다 했던 것이다. 나는 이곳에 촬영을 하러 왔음을 알린 후부터는 군소리 없이 일만 도왔다. 함께 멍게 물총을 맞아가며 멍게를 고르고, 그걸 담은 묵직한 바구니들을 옮기던 것이 한 시간이 지났다. 그러는 동안 내가 촬영을 하러 온 사람인 것을 나조차도 잊고 있었다. 어머님 아버님들이 저건 뭐하러 온 사람인가 하고 하나둘 눈길을 주기 시작했다.

"이거 무가며 하소."

구석에서 멍게 살을 빼내는 작업을 하던 어머님이 툭 말씀을 던지셨다. 최면이 풀린 사람처럼 고개를 들어보니, 어머님 손에서 주홍빛 멍게 살점이 흔들흔들했다. 방금 막 붉은 몸통에서 썰려 나온 멍게 살은 숨이 죽지 않아 큼지막했다. 그때만 해도 나는 사람들이 하고 많은 살점 중에 왜 멍게 살을 먹는지 잘 이해하지 못했다. 나에게 그것은 그냥 바다의 비린 것들 중 하나일 뿐이었다. 그러나 어머님 손이 민망해질까 봐 그것을 얼른 받아먹었다. 잘 먹지 못하는 것이 입에 들어오니, 차마 씹을 생각은 하지 못하고 그냥 꿀떡 넘겨버렸다.

"잠깐. 천천히 먹어야지."

원 작가가 다급히 외쳤다. 카메라로 제대로 찍기도 전에 내가 상황을 종료해버렸으니, 목소리에 못마땅함이 가득했다. 글을 쓰던 손으로 카메라까지 쥐게 한 것이 가뜩이나 미안해서, 나는 고분고분 원 작가의 말을 들었다.

"어머님, 한 개 더 묵어도 됩니까."

하모, 되지 하면서 어머님이 멍게 몸통 하나를 더 썰으셨다. 밧줄에서 갓 떼어낸 멍게 몸통에는 흙이 가득해서, 그것을 자르면 살점에도 흙이 묻어났다. 어머님은 한번씩 칼을 씻어내던 흙탕물 그릇에 살점을 몇 번 휘휘 하다가 내게 내미셨다. 나는 좀 울상이 되고 말았다. 처음에 내게 주셨던 것도 이런 과정을 거쳐 주신 거였구나.

까만 흙탕물 그릇과 멍게 살점을 번갈아 보며 웃픈 얼굴로 서 있던 나는, 그냥 그 살점이 원효대사의 해골 물 같은 거라고 생각하기로 했다. 어머님의 따뜻한 손길만 바라보자. 나는 흙탕물 그릇을 못 봤다. 못 봤다…. 그러고서 세상에서 그것보다 더 느릴 수 없는 속도로 멍게 살점을 받아먹었다. 원 작가가 또 '천천히'를 강조하며 '하나 더'를 외치지 않을 수 있게. 이 사이에서 물컹, 하더니 곧이어 중간중간 흙들이 서걱대며 씹혔다. 나는 흙이 씹힌다는 사실을 숨긴 채 몇 번 더 우물우물하다, 그것을 있는 힘을 다해 기도로 넘겼다. 순간 치밀어오르는 욕지기를 참아내느라 눈시울이 벌게진 채로, 나는 웃으며 말했다.

"와, 씹을수록 바다향이 가득 풍기네요. 살이 어떻게 이렇게 크지."

따지고 보면 거짓말을 한 것은 하나도 없다. 실제로 민물이 하나도 닿지 않은 그 멍게 살은 바다향으로 가득했고, 목구멍으로 넘기기 힘들 만큼 매우 크기도 했다. 다만 인간의 본능이 얼마나 솔직한 것인지, 내가 입에 맞는 것을 먹을 때는 '맛있다'는 말을 가장 먼저 하게 되고, 그렇지 않은 것에는 한없이 객관적인 설명을 하게 된다는 것을, 그로부터 한참 후에나 알았다.

뭐니 뭐니 해도 수산물에 대한 가장 강렬한 기억은 충청남도 태안의 갯벌에 있다. 봄이 되면 이곳에서는 뻥설게를 잡는다. 생긴 건 꼭 가재 같은데, 가재보다는 몸통이 더 작고 허옇다. 이놈을 갯벌 구멍에서 들어 올릴 때, 뻥하는 소리를 내며 빠져나온다고 해서 이름이 뻥설게다. 나는 봄철 뻘밭에서 바지락이나 백합을 캐는 것은 봤어도 뻥설게를 잡는 것은 본 적이 없었다. 그리하여 원 작가가 눈에 핏대를 세워 찾아낸 이 생소한 생물체의 정체를 살피러, 10년 전 봄 우리는 태안을 찾았다. 갯벌 어귀에 도착했을 때, 마침 아버님 한 분이 막대기 두 개를 들고 갯벌로 나갈 채비를 하고 있었다.

"선생님이 뺑설게 잡는 분이세요?"

"걸 워뜨케 아슈?"

아버님 손에 들린 것이 바지락을 캘 때 쓰는 호미는 아니니, 잘은 몰라도 그게 뺑설게 잡을 때 쓰일 것이라 짐작이나 해본 것이다. 아버님은 요즘에는 뺑설게 잡는 일에 영 재미를 못 본다고 하시며, 이제는 잡는 이도 많이 없는데 어찌 알고 찾아왔느냐 물어보셨다.

"촬영하러 왔어요. 뺑설게가 진짜 뺑 하면서 나오나 보려고요."

나는 '뺑' 소리를 강조해가며 농담 투로 말씀드렸지만, 아버님은 그저 담담히 "아, 그니까 뺑설게쥬." 하시면서 갯벌로 향했다. 서둘러 그 뒤를 바짝 따르느라 갯벌이 정강이까지 튀어 올랐다. 원 작가가 "어맛, 신발 여벌 안 가져왔는데." 하면서 갯벌에 빠진 발을 빼느라 비틀댔다. 신발은 몰라도 카메라만큼은 절대 사수해야 했기에, 우리는 카메라를 높이 쳐들고 아버님의 발자국을 열심히 뒤따랐다. 앞서 걷던 아버님이 갑자기 멈춰 섰다. 독수리처럼 날카로운 눈빛으로 갯벌을 응시하던 아버님은, 들고 있던 막대기를 갯벌 구멍에 푹 찔러 넣었다. 막대의 끝이 굵고 둥그스름해 구멍 하나가 온전히 찼다. 그것을 재빨리 빼내자, 뻥 하는 소리가 나며 허연 것이 튀어나왔다.

"와, 진짜 '뻥' 하네!"

내가 신기해서 호들갑을 떨었더니 아버님이 슬쩍 웃으셨다. 그러고는 이 구멍, 저 구멍에 거침없이 막대를 꽂았다. 그의 손길이 닿는 구멍마다 뻥뻥 소리가 나며 팝콘 튀겨지듯 허연 것들이 튀어나왔다.

"한번 해볼티유?"

뻥설게잡이 고수는 그 뒤를 졸졸 쫓아다녔던 내게 막대 하나를 내미셨다. "정말요?" 나는 신이 나서 그것을 받아들었다. 힘쓰는 거야 뭐, 하면서 나는 세차게 막대를 내리꽂았다가, 반원을 그리며 과격하게 빼냈다. 그 순간 우리 모두는 들었다. '뻥'이 아니라 '픽' 하는 소리를. 나는 예상하지 못한 소리에 잠시 현기증이 일었다. '픽'도 아니고 '픽'이라니. '이것은 분명 과학적으로다가 압력에 의해서 나는 소리임이 분명할 것인데. 아버님과 나의 힘의 차이가 있었는가. 아니, 없었다. 내리꽂았을 때 갯벌이 튀는 각도만 봐도 알 수 있다. 빼낼 때의 각도가 반원인 것이 문제인가. 그렇다면…' 나는 온몸의 힘을 모아 막대를 내리꽂은 후, 머리칼을 휘날리며 더 큰 원형으로 막대를 빼냈다. '푸쉭' 그 충격적인 소리에 나는 눈이 동그래졌다. 다급히 몇 번 더 갯벌을 때려봐도 구멍에선 맥 빠지는 소리만 났고, 이 모습을 전부 지켜보던 아버님이 "와하하." 하며 고개를 떨구셨다.

"아이구, 뻥설게 잡다 사람 잡겄슈."

아버님은 눈물을 훔치시며 막대로 구멍 하나를 툭툭 가리켰다.

"이거 한번 해보슈."

나는 이번에야말로, 하면서 비장하게 잡은 막대를 힘껏 꽂았다 뺐다. 순간, '뽕' 하는 경쾌한 소리와 함께 허연 뻥설게가 눈앞에 툭 떨어졌다. 나는 희열에 차 소리쳤다.

"으악, 뻥설게다, 뻥설게!"

나는 갯벌에 무릎을 꿇고 뻥설게를 집어 올렸다. 손가락 사이에서 그것이 몸을 둥글렸다 폈다 하며 퍼덕였다.

크기는 손바닥보다 작은 것이 힘은 아주 넘쳐났다. 껍데기는 가재의 것보다는 훨씬 물렀지만 나름 단단했고, 그러면서도 등과 배에는 수많은 마디가 있어서, 한마디로 가재와 새우를 합친 모양새였다.

"요놈을 워뜨케 먹는지 아슈?"

"쪄서 먹나요?"

"쪄서도 먹고, 볶아서도 먹쥬. 아, 근디 이걸 잡는 사람덜은···."

하는 말을 끝내기가 무섭게, 아버님은 그것을 통째로 입 속에 집어넣고 으득으득 씹었다. 원 작가와 나는 순간 허억 하고 숨죽이며 아버님의 입이 움직이는 모습을 쳐다봤다.

"우덜은 일하다 심심하믄 요거 하나씩 빼먹고 힘낸다니께. 요게 별미유, 별미."

별미라. 모든 지역의 별미라는 것은 항상 익숙하지 않은 먹거리였다. 그 별미가 날것으로 먹는 수산물일 때는 더더욱. 아버님은 "요런 별미는 딴 데서는 맛볼 수 없는 거유." 하시면서 파닥대는 뻥설게 하나를 내게 들이미셨다. 그러고는 어서, 라고 말하는 듯 턱을 들어 올리며 기대에 찬 눈빛을 보냈다. 나는 구원을 바라며 원 작가를 쳐다봤지만, 원 작가는 이미 내게 카메라를 들이대고 아버님과 똑같은 눈빛을 하고 있었다. 나를 향한 그 강렬한 세 개의 시선에 (카메라의 눈까지) 나는 홀리듯이 아, 하고 입을 벌리고 말았다.

아버님의 손에서 뻘 물을 뒤집어쓴 뻥설게가 그 수많은 다리를 움직여대는 것을 보고 나는 눈을 질끈 감았다. 이것은 큰 새우다, 큰 새우, 하고 수없이 주문을 걸었다. 그러나 아버님이 뻥설게 몸통을 절반 정도 내 입 속에 들이미셨을 때, 나는 그것의 다리가 마구 움직이는 것을 느끼고 끔찍함을 넘어선 공포감에 휩싸였다. 이대로 아버님이 남은 절반의 몸통까지 내 입에 다 밀어 넣을지도 모르는 일이었다. 나는 얼른 그것을 으득 깨물었다. 온몸에 소름이 돋아, 눈을 감고 있는데도 얼굴이 찡그려졌다. 상상 이상의 식감이었다. 게의 배딱지를 씹는 듯한데, 그게 또 뻘 때문에 몹시 서걱거렸다. 맛을 느끼는 것은 상상도 못할 일이었다. 나는 머리가 쭈뼛 선 채로 입 속의 그것을 싸우듯 씹어댔다. 그런 나를 보고 웃는 듯, 아버님의 가쁜 숨소리가 들렸다. 억지로, 억지로 그것을 삼키고 눈을 떴을 때, 아버님 손가락 사이에는 절반이 잘려 나간 뺑설게가 여전히 몸통과 다리를 꿈틀대고 있었다. 나는 더 이상 참지 못하고 욕지기를 했다.

원래 좋아하지도 않았던 수산물을 그런 식으로 접했으니, 나는 더 이상 그것들을 입에도 못 댈 줄 알았다. 그러나 뺑설게를 날것으로 먹고 몸서리를 쳤던 그날 오후, 마을 부녀회의 손에서 뺑설게는 찜으로, 무침으로, 떡으로 재탄생했는데, 그것을 보고 처음 든 생각은 '맛있겠다'는 것이었다. 그리고 실제로 맛있었다. 이게 이렇게 고소하고 단맛이 나는 것인 줄 먼저 알았더라면, 적어도 뻘에서 욕지기까진 하지 않았겠다는 생각이 들었다.

○

세상 먹거리의 절반은 물에서 난 것들이니, 나는 그 후로도 여기저기서 많은 수산물을 입에 넣고 다니게 됐다. 전라남도 신안에서는 갯벌에서 낙지를 잡아 호롱구이로 해 먹었고, 강원도 양양에서는 바다낚시로 잡은 참가자미를 물회로 먹었다.

놀랍게도, 나는 언젠가부터 이것들을 맛본 후 카메라 앞에서 본능적으로 맛있다, 맛있다 하고 있었다. 이게 만약 세월에 내 입맛이 변했기 때문이 아니라면, 나는 수산물을 싫어했던 것이 아니라 그저 잘 몰랐던 것일 수도 있다.

오랜 시간 억지로라도 무수히 맛을 봤기 때문이든, 입맛이 그저 자연히 달라진 것이든, 어쨌든 나는 세월에 감사해야 한다. 그 시간들이 지나, 이제는 술 한잔에 곁들이는 회 한 접시가 얼마나 단 것인지 알아버렸기 때문이다. 꿀처럼 윤이 나는 멍게 살을 들어 올린 채 생각해본다. 그때는 이것이 품은 바다향을 왜 진정으로 느끼지 못했던 걸까. 그날을 다시 돌이켜볼 때, 우스운 기억으로 남으려고 그랬던 걸까.

주인을 잘 만나야지

드론은 몰랐겠지. 사실 저의 주인이 저를 날려 올린 첫날부터 벌벌 떨고 있었고, 그 후로도 날릴 적마다 가슴을 졸였으며, 소유한 모든 카메라들 중에 저를 가장 소중히 여기고 있었다는 것을.

2013년에는 크림베이지 색 모닝이 생겼다. 어찌 매번 그 짐을 들고 생고생을 하며 다니니, 라며 혀를 끌끌 차시던 부모님께서 그즈음 사주셨다. 원래는 촬영 장비만 한 트럭이니 좀 더 큰 차를 사줄까 고민했다 하시며, 만날 험한 곳을 다니니 첫 차는 일단 이렇게 시작해보라 하셨다. 생애 첫 차의 아름다운 자태를 처음 마주했던 날, 나는 감격에 겨워 부모님께 큰절을 올리려 했다. 하지만 거기가 너무 길 한복판이라 어머니가 만류하셨다. 어머니는 막걸리 병을 들고 네 개의 바퀴에 뿌리시며 조심히 타라 하셨다.

○

　나는 그날 부모님이 지겨워하실 정도로 감사하다는 말을 반복했는데, 고향인 원주에서 서울로 막 출발할 적에 또 창문을 내리고 감사해했다. 운전을 하면서는 눈앞의 라디오 버튼을 이리저리 눌러보다가, 도로가 막힌다는 리포터의 말이 그렇게 웃겨서 실실댔다. 나는 서울에 도착하자마자 원 작가를 불러내 우리의 전우가 하나 더 늘었음을 알렸다. 원 작가는 나만큼이나 크게 이를 드러내며 웃었다. 이제 촬영하기도 전에 진이 빠지던 날은 안녕이다 하며, 원 작가는 모닝의 위풍당당함에 아낌없는 찬사를 보냈다. 우리는 그 차가 야무지고 똘똘해 보여 '또리'라는 별명까지 지어주었다.

　처음 또리를 끌고 촬영을 가던 날, 우리는 새벽 기운에 차가워진 시트마저 좋다 좋다 하며 탔지만, 출발할 때의 설렘은 그리 오래 가지 못했다. 그날은 영덕의 깊은 산골

짜기에서 도인처럼 사시는 분을 촬영하는 날이었다. 내 비게이션의 길 안내는 잘 닦인 도로 어느 지점에서부터 끝이 났고, 그때부터는 산 중턱에 꽂힌 목적지 깃발만 화면에 보여줬다. 여기가 맞나, 하며 바퀴 자국을 따라가 보니, 눈앞에 거칠게 다져진 경사로가 펼쳐졌다. 경차로 오르기 살짝 힘겨워 보이는 경사에다가, 주변은 온통 자갈밭이었다.

오르기도 전에 덜컥 겁이 났지만, 목적지까지는 거리가 있어 보여 차를 두고 수많은 장비와 함께 걸을 생각은 할 수 없었다. '또리야!' 나는 마음속으로 애틋하게 외치며 가속 페달을 밟았다. 우이이잉. 길들여지는 순간이 가혹해 또리는 절규했다. 나는 어금니를 꽉 깨물고 비탈길을 올랐다. 울퉁불퉁한 자갈을 따라 휘청거리면서 또리는 계속 비명을 질렀다. 나는 걷는 것보다 허벅지에 더 많은 힘을 주고 낮게 신음했다. 그때, 갑자기 탕 하는 소리가 들렸다. 뭐야, 하면서 내려서 보니, 뒷바퀴 위쪽 철판에 허연 생채기가 나 있었다. 이 길에 깔린 주먹보다 큰 자갈이 바퀴에 튕겨 나가 거기에 부딪힌 것 같았다. 허억, 하며 원 작가가 입을 틀어막았고, 나는 그 생채기를 쓰다

듣으며 속으로 울었다. 그러나 그건 예고편에 불과했다. 남은 길을 오르는 동안, 또리의 비명에 리듬을 맞추듯 탕, 탕 하는 소리가 수십 번씩 나의 심장을 때렸다. 진한 다크써클이 깔린 내 눈앞에 어느덧 갈림길이 펼쳐졌다.

"어…어디로 가야 하지?"

사고회로가 정지된 나는 원 작가에게 도움을 청했다.

"글쎄… 가던 길보다 조금 덜 꺾여 있으니까, 왼쪽으로 가볼까."

일리가 있었다. 나는 순순히 왼쪽으로 운전대를 꺾었다. 길은 제법 평지가 되어 마음이 진정되어 가고 있었다. 한참 바퀴 자국을 따라가다 보니 길의 폭이 점점 좁아지는 듯했다.

"그래도 바퀴 자국이 있다는 건… 차가 다니는 길이라는 거겠지?"

우리는 서로를 안심시키며 차를 몰았다. 그래도 또리나 되니까 이 좁은 길을 소화하지 하면서, 그 바퀴 자국이 과연 차의 흔적인지에 대해선 일말의 의심을 하지 않고 있었다. 아마도 우리는 경사로에서 이미 정신이 나갔거나, 끝없이 펼쳐진 바퀴 자국에 홀렸던 것인지 모른다.

더 이상 차가 갈 수 없는 길을 가고 있었다는 걸 안 순간, 무너져내린 흙길을 따라 앞바퀴가 미끄러졌다. 그러면서 길옆에 있던 질척한 땅으로 차가 흘러 들어갔다.

"히익. 이게 뭐야! 다시 나갈 수 있어?"

"하아… 일단 후진으로 나가볼게."

후진 기어를 넣고 조심스레 페달을 밟았는데 차가 꿈쩍도 안 했다. 밟은 페달에 좀 더 힘을 주니 차가 휘청 미끄러지는 느낌이 들며 바퀴가 헛돌기 시작했다.

"헉. 빠졌나 봐."

이리저리 핸들을 돌려가며 페달을 밟아도 소용이 없었다. 괜히 마른자리를 찾아 전진하는 바람에 진창 안쪽으로 더 들어가기만 했다. 원 작가가 내려서 얼굴이 벌게지도록 차 머리를 밀었지만, 진창에 부여잡힌 바퀴는 헛돌기만 하느라 하얀 연기마저 피어올랐다. 그러는 동안 질척한 흙이 마구 튀어 차 여기저기에 검은 칠을 해놨다. 이제 누가 봐도 이걸 새 차로 보는 이는 없을 것 같았다.

"하아, 안 되겠다."

원 작가는 만나기로 한 분에게 전화를 걸어 도움을 요청했다. "네, 선생님. 죄송한데 지금 차가 진흙에 빠져서

요. 도저히 못 나갈 것 같은데 도와주실 수 있을까요." 하는 그 말을, 나는 도저히 할 수 없어 가만히 듣고만 있었다. 새 차의 직계 가족으로서 그 아이의 자존심을 조금이나마 지켜줘야 했다.

"아이고, 어쩌다 여기로 들어왔어 그래."

잠시 후 소형 트럭을 끌고 온 영덕 M 선생님이 창문을 내리며 말했다. 아이고, 이렇게 인사드리네요, 하면서 나는 멋쩍게 웃었다. 그날 나의 첫 차는, 세상에 나온 지 3일 만에 뒤꽁무니에 줄이 묶인 채 진창에서 끌려나왔다.

그 후로도 경상남도의 어느 바닷가, 전라남도의 어느 산길로 극한 훈련을 하며 다니던 나의 첫 차 또리는 9만 9,999킬로미터를 달리고 호된 주인과 작별했다. 나는 작은 차들을 마구 굴리는 것에 양심의 가책을 느끼고, 다음 차는 덩치 큰 스포티지로 구입했다. 3년도 안 돼서 13만 킬로미터를 찍은 스포티지에게 미안한 말이지만, 나는 가끔씩 차 번호판을 말할 일이 있을 때 나도 모르게 또리의 번호가 먼저 튀어나온다. 덩치가 작아 함께 하는 동안 더 가슴이 아렸던 아이, 또리.

주인을 잘못 만난 나의 두 차들만큼이나 고생을 했던 것이 드론이다. 불운한 생을 살다 간 나의 첫 드론은 8년 전 여름에 나와 처음 만났다. 드론과 만나기 한 시간 전, 나는 통영의 한 섬 촬영을 앞두고 이제 막 통영 톨게이트를 지나고 있었다. '섬 풍경을 어떻게 찍어야 하나. 주변에 산도 없고… 섬을 내려다볼 수 있는 지점이 없네.'

나는 그런 생각을 하면서, 당시 세상에 막 자신의 존재를 알리기 시작했던 드론을 떠올렸다. 헬기를 타지 않고도 항공 촬영을 할 수 있는 혁신적인 카메라. 날개 달린 그 카메라만 있으면 망망대해에서도 섬을 한눈에 담아낼 수 있을 것이었다. '배를 타기 전에 그것을 손에 넣어야 한다!' 나는 사뭇 비장하게, 또 매우 즉흥적으로 여객터미널로 가려던 차를 돌렸다. 그러고는 당시 하나밖에 검색되지 않았던 통영의 드론 판매점으로 향했다.

"혹시 지금 드론을 사면 간단한 작동법을 좀 알려주실 수 있나요?"

나는 가게에 진열되어 있던 드론 박스 하나를 집어 올리며 사장님에게 물었다. 그때 계산 테이블 위에 올려졌던 것이 나의 첫 드론이다. 카드 단말기에서 찍혀 나오는 여러 자리의 숫자와 함께 우리의 지난한 인연이 시작되었다. 사장님이 흔쾌히 데려간 가게 옆 공터에서, 나의 첫 드론은 언박싱되자마자 공중으로 들어 올려지며 성급한 신고식을 치렀다. 그로부터 다섯 시간 후에는 섬으로 끌려 들어가, 세찬 바닷바람을 맞으며 절벽 위를 날았다.

그때까지만 해도 드론은 설마설마 했을 것이다. 처음 만난 날부터 바다의 짜고 찬 바람 속에서 저를 날게 한 것이 좀 당황스럽기는 해도, 설마 계속 이러진 않겠지 하고 생각해봤을 것이다. 제 주인이, 가진 모든 카메라들 중에서 유일하게 저에게만 '로니'라는 이름을 지어주고, 날개를 접었을 때는 노상 품어 안고 다녔으니 짐짓 핑크빛 기대를 해봤을 것이다. 그러니 매주 다른 지역의 하늘에서, 배터리가 여러 번 갈리며 쉼 없이 날갯짓을 해야 했을 때에도 별말 없이 웃으며 훨훨 날았으리라.

그러나 나는 몹시 모진 주인이었다. 때때로 산 정상에서 로니를 날려 까마귀 떼에게 쪼아 먹힐 뻔하게 만들었고, 가끔은 비 오는 날 그 아이를 띄워 날개가 다 젖게 만들었으며, 언젠가는 사람이 그냥 서 있기도 힘든 강풍 속에 내보내 휘청이게 만들었다. 그런 날들이 쌓이는 동안, 나의 로니는 조금씩 지쳐가고 있었다.

　로니와 만난 지 꼭 2년째 되던 여름날이었다. 그날은 목포의 한 시장에서 수상해 보이는 생선 하나를 발견했다.

　"히익. 이 병어는 뭐가 이렇게 크대요?"

　나는 궤짝 하나를 다 차지하고 누워 있는 병어를 가리키며 상인 분께 물었다. 나는 여태껏 그렇게 큰 병어를 본 적이 없었다. 대개는 손바닥만 한 병어가 여기선 사람 얼굴보다도 더 컸다.

　"고놈이 병어가 아니고, 덕자요."

　"덕자요?"

　"그라제. 순자, 말자 아니고 덕자."

　"으하핫. 이름도 희한한 것이 겁이나게 크네요."

　"아따, 이것보다 더 큰 것도 잡히는디."

　나는 "정말요?" 하며 그 길로 바닷가를 향해 달려갔다. 대물 덕자는 과연 얼마만큼 클 것인가. 나는 덕자잡이배를 수소문하며 다니다 친절한 아버님 한 분을 만나게 됐다.

　"우짜쓰까. 지금 덕자 잡는 배는 다 나갔다는디."

　아버님은 몇 번의 통화를 끝내고 난처한 표정으로 말

씀하셨다. 아이고 하면서 아쉬워했더니 아버님이 잠시 주저하다 말씀하셨다.

"아따, 따라오쇼잉. 나도 인쟈 배 타고 나갈 건디, 덕자 배 찾으러 함 가봅시다."

나는 화색이 도는 얼굴로 아이고, 감사합니다 하며 아버님을 따라갔다. 항구에 있던 아버님의 배는 내가 생각했던 것 이상으로 컸다. 근해로 나가는 어선의 두 배 이상은 되어 보였다. 목포에 있는 것들은 전부 이렇게 큰 것인가.

"이 배가 지도선이요."

그랬다. 아버님의 배는 통통배가 아니라 지도선이었다. 고기잡이배들을 감시하고 지도하기 위해 떠다니는 지도선. 국가적인 차원에서 바닷일을 하시는 분이니 이제 아버님이 아니라 선생님이라고 불러야 할까. 어쨌든 원래부터가 어선들을 찾아다니는 게 일인, 이 배의 주인을 어찌 운 좋게 만났다. 아버님은 키를 잡고 운전하다 내 손에 들린 드론 가방을 보고 말했다.

"고것이 드론이요?"

"아이고, 가방만 보고 아시네요."

"일전에도 MBC랑 SBS에서 와서 나가 한번 태워줬었거든."

"아, 그러세요?"

"그란디 그 사람들이 전부 고놈을 날리다가 바다에 빠 뜨리고 갔당께요."

"힉. 그래요?"

드론을 날리고자 한다면 조건이 좋은 배였다. 지도선 은 배의 뒤편에 헬기가 착륙할 수 있을 만큼 평평하고 넓 은 공간이 있었다. 거기에다 속도는 매우 느려서, 지나가 던 배가 자세히 들여다보지 않으면 저 배가 가는 건지 서 있는 건지 잘 모르겠는 수준이었다. 바꿔 말하면 큰 안정 감이 있었다. 그러니 그 배에 탔던 사람들이 전부 드론을 날렸을 테고, 그러다 전부 바다에 빠뜨렸다는 말을 듣고 도 나 또한 드론 욕심을 냈을 게다. 바다를 달린 지 한 시 간쯤 지났을 때 아버님이 소리쳤다.

"저어기 멀리 하얀 배 보이죠잉. 저것이 덕자 잡는 배요."

나는 서둘러 드론을 들고 배 뒤편으로 갔다. 조타실 안 에 있느라 몰랐던 바람이 훅훅 끼쳤다. 아무리 느리게 간 다 해도 파도에 한번씩 기우뚱거리는 걸 보면 배는 배였 다. 나는 드론에 날개를 장착하며, 이보다 더 심한 흔들림

속에서도 견뎌왔으니, 이번에도 잘 돌아오라고 마음으로 외쳤다. 드론은 눈높이로, 머리 위로 날아오르는 동안 한 번씩 휘청휘청했다. 나는 그때 알아차렸어야 했다. 그것은 바람 때문이 아니라, 로니가 온몸으로 말하는 이별의 신호였다는 걸. 그걸 눈치채지 못한 나는 드론을 배 뒤편으로 멀리 날려 보냈다. 이 지도선과 덕자잡이배의 극적인 만남을 찍기 위해서.

지도선이 느릿해 덕자잡이배가 쉬 가까워지지 않았다. 조금 더 멀리, 조금만 더…. 아, 이제야 조종기 화면 안에 두 척의 배가 동시에 잡힌다 했던 그때였다. 갑자기 드론의 신호가 끊겼다. 100여 미터 멀어진 드론은 이제 조종기의 어떤 말도 듣지 않았다. 나는 황급히 자동복귀 버튼을 눌러댔지만, 드론은 복귀 의사가 없어 보였다. 그저 저 멀리서 서서히 바다를 향해 하강하기 시작했다. 나는 조타실로 뛰어갔다.

"선생님, 뒤로, 뒤로! 드론 신호가 끊겼어요. 뒤로 가주세요!"

나는 다시 배의 뒤편으로 헐레벌떡 뛰어와 드론을 주시하며, 저것을 살릴 수 있는 가능성에 대해 계산해보기 시작했다. 그래도 천천히 내려오는 중이니, 지금 배가 후진을 시작하면 드론의 하강 지점에 완벽히 도착할 수 있으리라. 그러나 배의 움직임을 읽은 순간 나는 당황했다. 예전에 분명 어떤 어선은 후진이 가능했었는데, 이 배는 아닌 모양이었다. 지도선은 그 자리에 멈춘 후, 아주 천천히 방향을 바꾸기 시작했다.

무대 위 발레리나의 손끝처럼, 고전 무용의 춤 선처럼 우아한 그 움직임에 나는 현기증이 났다. 뱃머리가 완전히 방향을 틀었을 때는, 드론은 이미 사람 키만 한 높이까지 내려와 있었다. 나는 아무 소용 없는 조종기를 내려놓고 드론에게 작별 인사를 했다. 안녕, 잘 가. 1년 전부터 높이 날길 힘들어했던 너를 계속 곁에 두려 했던 건 내 욕심이었다. 고생 많았다.

○

드론은 2년간의 가혹한 날들에 안녕을 고하며 바닷속으로 시원히 사라졌다. 드론은 몰랐겠지. 사실 저의 주인이 저를 날려 올린 첫날부터 벌벌 떨고 있었고, 그 후로도 날릴 적마다 가슴을 졸였으며, 소유한 모든 카메라들 중에

저를 가장 소중히 여기고 있었다는 것을. 설사 알았다 해
도 별로 달라질 것은 없었겠지만.

강진 '땡벌'

내가 우스운 모양새를 하고 돌고 있어서, 남들이 보면 즐겁게 꼬리 잡기 놀이라도 하는 줄 알았을 것이다. 그래, 애초에 그러려고 이 옷을 입고 온 것인데, 왜 이렇게 돼버린 걸까.

한때 아재 개그가 유행이었던 적이 있다. 말장난이 중심인, 이 일차원적인 개그에 그때 나는 몹시 심취해 있었다. 그러다 보니 고기잡이배 위에서 선원들에게 "아니, '배'를 오래 타니까 '배'가 고프지 않으세요?" 하면서 말을 걸었고, 대파밭에서는 "파~" 하고 최불암 선생님처럼 웃었으며, 시장에 가서는 과일가게 어머님의 사과를 들고 "제 사과를 받아주세요, 어머님." 했다. 보다 못한 원 작가가 "그게 무슨 실없는 농담이야." 하길래, 내가 "실이 없으면 바늘도 없지."라고 했더니, 그날 오랜 시간 나를 아는 척도 안 했다. 그 후로도 원 작가는 종종 나의 이런 말들에 얼굴을 붉히며 쥐구멍이라도 있으면 들어가고 싶다고 했다. 나는, 쥐구멍에도 볕 들 날이 있다며 포기하지 않았다.

○

5년 전 겨울 전라남도 강진 촬영을 앞두고, '강진' 하면 역시 땡벌이라며, 땡벌 복장을 하기로 마음먹었던 것도 그 몹쓸 개그감의 일환이었다. 촬영 전날 소품실에서 굳이 굳이 그 땡벌 옷을 빌릴 때는 설레는 마음에 눈이 멀어 보지 못한 진실이 하나 있었다. 강진 전통 시장 주차장에 도착해 땡벌 옷을 펼쳐보다가, 나는 그 진실을 마주하고 몹시 당황하게 됐다. 그것은 옷이 아니라 인형 탈에 가까웠다. 보자마자 텔레토비의 나나가 떠오르는 형상이었는데, 나나의 머리통만 빠진 듯한 이 샛노란 옷은, 얼굴만 빼고 목부터, 장갑, 신발까지 전부 일체형이었다. 나는 이 옷의 구석구석에서, 디자이너가 땡벌을 표현하기 위해 고뇌

했던 흔적을 봤다. 유일하게 하얀 배는 몹시 튀어나와 있었고, 줄무늬가 있는 꼬리는 마치 항아리처럼 크고 두꺼웠다. 이 균형을 맞추려 했던 것인지 발목 아래에는 300밀리미터에 가까운 둥그런 신발이 붙어 있었다. 이 자극적인 포인트들은 대체 뭐로 만든 것인지 아주 단단하고 무거웠다. 나는 잠시 감탄하며 서 있다가, 기왕 강진까지 신고 온 이 땡벌 옷을 (땡벌의 눈이 달린 모자까지) 후회 없이, 자신감 있게 소화해내겠다고 비장한 다짐을 했다.

　나는 한 마리의 땡벌로 변신한 후 '절대 부끄럽지 않다' 하는 주문을 걸며 시장으로 들어섰으나, 오일장을 찾아온 인파에 잠시 머뭇거렸다. 아무리 봐도 걸으라고 만든 것 같지는 않은 이 옷을 입고 저 복잡한 시장 안을 돌아다닐 수 있을까 하는 고민이 들었다. 당장이라도 벗고 올까 하는 마음으로 주춤주춤 걷고 있을 때, 상인 어머님 한 분이 "아이고, 뭔 땡벌이여." 하면서 까르르 웃으셨다. 급격히 하락했던 자신감이 샘솟기 시작했다. 걸을 때마다 뒤에서 누가 잡아당기는 것 같은 중력으로 출렁대는 꼬리가 더 이상 어색하지 않았다. 나는 "강진하면 땡벌이지라." 하면서 만나는 어머님마다 손을 잡고 땡벌 노래를 부르기 시작했다. "난 이제 지쳤어요, 땡벌, 땡벌." 그럼 목소리가 좋은 어머님들 몇이 "기다리다 지쳤어요, 땡벌, 땡벌." 하고 다음 마디를 이어 나갔다. 나는 '이거지.' 하는 마음으로 시장을 돌면서, 다만 내가 걷다가 길 양옆으로 늘어선 매생이며 굴이 담긴 접시들을 꼬리로 치지 않기만을 바랐다.

　　땡벌 노래 한 소절을 위해 준비해온 이 옷은, 그날 몹시 공포스러운 일화를 남겼다. 땡벌 노래를 하다가, 또 인터뷰를 하다가 하면서 시장을 돌아다닌 지 한 시간가량 지났을 때였다. 언제 또 벌로 변신해 강진 시장을 찾으려나 싶어, 나는 나물을 파시는 어머님들과 서른 번째 땡벌 노래를 부르며 이 촬영을 마무리하려 하고 있었다. 난 이제 지쳤다는 노래 가사에 영혼을 실어 외치고 돌아서던 그때, 어디선가 "여어, 꼬리 잘라라, 꼬리!" 하는 외침이 들렸다. 나는 멀리서 어떤 상인 아버님이 장난을 치시는 것이겠거니 생각하고 그저 웃어넘겼다. 이제 다음 촬영지로 가자 하고 걸어가는데, 함께 있던 원 작가와 조연출의 얼굴이 갑자기 사색이 됐다. 뒤를 돌아보니, 한 아버님이 커다란 옛날 가위를 들고 씩씩대며 달려오시는 게 아닌가. 이게 뭔 일인가 싶어 그 자리에 굳어 있는데, 코앞까지 달려온 아버님이 벌 꼬리를 획 잡아채며 가위로 자르려고 야단이셨다. 나는 뜨악하면서도 처음에는 이게 장난인지 진심인지 의심했다. 아버님 손에 들린 가위가 벌 꼬리 아래로 파고들어 날을 몇 번 싹둑이는 것을 보고 나서야 장난이 아님을 알게 됐다. 빨개진 눈동자로 꼬리를 잘라버린다고 소리치실 때마다 술 냄새가 훅훅 풍겼다. 나는 꼬리를 사수하기 위해 몇 번이나 엉덩이를 흔들며 그 자리에서 빙빙 돌았고, 아버님은 그걸 따라 돌며 날선 가위를 휘두르는, 창과 방패의 대결이 시작됐다.

"아이고, 아버님. 진정하세요. 이거 인형 옷이에요. 인쟈 벗을 거예요."

그래도 아버님은 막무가내였다. 은빛 날이 눈앞에서 번쩍번쩍할 때마다, 쫓는 자와 쫓기는 자, 말리는 자 중 누구 하나는 다칠까 봐 그것이 공포였다. 내가 우스운 모양새를 하고 돌고 있어서, 남들이 보면 즐겁게 꼬리잡기 놀이라도 하는 줄 알았을 것이다. 그래, 애초에 그러려고 이 옷을 입고 온 것인데, 왜 이렇게 돼버린 걸까. 한참을 이

어지던 공포의 꼬리잡기는, 아버님과 같이 술을 마시던 분들이 달려와 미안하다며 막아서고 나서야 끝이 났다. 아버님은 두 팔을 부축받으면서도 여전히 벌 꼬리를 노려보며 멀어져갔다. 그 자리에 남은 우리는 얼떨떨해져 한동안 서로 아무말도 못 하고 서 있었다.

○

아버님은 땡벌에 어떤 원한이 있으셨던 걸까. 주변 상인 분들이 내가 대신 미안하다며 괜찮냐고 물어오셨을 때에야 얼음 땡 하듯 정신이 들었다. 나는 생각했다. 아, 내가 오늘 하루 너무 웃었나 보다. 땡벌이 되어 꽃 같은 어머님들을 만나 너무 꿀 같은 시간을 보냈나 보다. 그러니 신이 삶의 무게중심을 맞춰주시려 하는가 보다.

나는 그 신에게 기도했다. 아버님이 땡벌에 대한 원망을 어서 빨리 잊으시길. 말벌에 쏘였던 나도 그로부터 5년 뒤에는 땡벌 옷을 입었으니, 그것보단 빨리 잊어내셨으면 좋겠다.

소금 한 방울

어머님은 그런 나를 아마도 눈치채셨을 것이다. 그러니 30년간 염전 일에 거칠어진 그 손을 잡았을 때, 오히려 나를 위로하는 눈빛으로 쳐다보셨을 것이다. 세상 모든 일이 다 이런 것 아니겠냐고.

전라남도 신안에는 비금도(飛禽島)라는 섬이 있다. 섬의 모양이 날아오르는(飛) 새(禽) 같다고 하여 붙여진 이름이라고 한다. 4년 전 봄, 비금도 선착장에 도착했을 때 내가 가장 먼저 본 것은 뭍으로 나갈 배를 기다리는 대형 트럭들이었다. 이 트럭들마다 어마무시한 크기의 포대 자루들이 실려 있어, 지나가는 이에게 저것이 무엇입니까 했더니 저게 다 소금이라고 했다. 신안에서 천일염전을 가장 처음 시작했던 곳이 바로 이 비금도라 하더니, 과연 집채만 한 소금 포대들이 먼저 나와 맞아주는 섬이로구나. 나는 와 벌어진 입을 하고 양옆으로 길게 늘어선 소금 트럭들 사이를 빠져나왔다.

○

그때 나는 '날아오르는 새' 같다는 섬의 모양보다 '돈(金)이 날아다닌다'는 비금도(飛金島)를 먼저 이해하게 됐다. 선착장을 지나니, 시야를 가리는 것 하나 없이 탁 트인 평야가 길 양옆으로 펼쳐졌는데, 그게 다 염전이었다. 가도 가도 끝이 없는 광활한 염전, 바닷물이 얕게 들어찬 그 넓은 땅에 해가 드니 눈앞이 온통 반짝였다. 실눈을 뜨고 운전을 하고 있노라니 길 한쪽에 표지판 하나가 나왔다. '천재 바둑기사 이세돌 생가 직진.' 아, 이세돌 씨가 여기에서 나고 자랐구나. 구획이 자로 잰 듯 반듯반듯한 이 염전들을 거대한 바둑판 삼아 수를 두어보며 그는 천재 바둑기사로 성장했던 걸까.

비금도 땅은 소금 말고도 많은 이야기를 품고 있었다.

그날 내가 한 염전을 찾아갔을 때, 그곳에서 마주친 이야기는 소금만큼 쓸쓸하고 짭짤했다.

"몸이 부실해 보이는데 힘을 쓸 수 있을랑가?"

염전 일을 도와드리겠다고 덤벼드는 내게 주인 어머님이 장화를 내밀며 말했다.

"그럼요. 제가 또 힘 쓰는 건 자신이 있습니다요! 하핫."

나는 두 팔을 걷어붙이고 소금을 끌어모으는 나무 밀대를 들어 올렸다. 그러나 사람 키만 한 밀대는 꿈쩍도 안 했다. 제까짓 게 그래 봐야 나무지, 했던 것이 그 안에 철근이 심어져 있나 싶게 무거웠다. "그것보랑께, 장난이 아니지라우." 하며 웃으시던 어머님이 아무렇지도 않게 밀대를 들고 염전에 들어섰다. 찰박찰박 바닷물을 밟으며 아버님 곁으로 간 어머님은, 묵묵히 햇빛에 익은 소금들을 그러모았다. 내가 이를 악물고 그 곁으로 가 밀대질을 따라 했더니 어머님이 넌지시 말했다.

"나도 첨엔 이 막대가 무거웠제. 여기 시집온 지 30년이 더 넘고봉께 인쟈 아무렇지도 않소."

거울 같은 염전 바닥에 30년 전 새색시의 모습이 어릿어릿했다. 그 수많은 세월 속에서 소금을 밀어내느라, 어머님은 고운 얼굴과 어울리지 않게 뼈대가 굵었다. 어머님의 그 말을 듣고, 아버님은 말없이 밀대에 힘을 주어 앞서나가기 시작했다. 나는 다리를 후들대며 그 속도를 맞추다 미끌하며 넘어졌다.

"아따, 여기 잘못 넘어지면 머리 깨지요잉."

나는 말수 적은 아버님의 목소리를 그제야 들었다.

"아버님은 그렇게 빨리 가시는데 미끄러지시지도 않네요."

"나는 인자 기술이 생겼응께."

그날 몇 구획의 소금밭을 함께 밀면서, 나는 수없이 오메 오메 하면서 다리가 꺾였고, 그때마다 아버님은 아따, 징허제 하면서 흘흘 웃으셨다. 그러는 동안 어설픈 일꾼에게 정이 가셨던 걸까. 아버님은 점심 식사 후 소주병을 따며 내게 몇 번이나 술을 권하셨다.

"아이고, 아버님. 제가 차를 가지고 와서… 운전을 해야 돼서요."

"아따, 다른 사람도 많은디."

"저밖에 운전을 못 해요, 아버님. 이따 저녁 드시면서 같이 한잔 하시지요."

아버님은 못내 서운한 얼굴로 술잔을 홀짝이셨다. 그 모습이 마음에 걸렸지만, 나는 술이 약해 그것을 마시고 아직 한참이 남은 염전 일을 마칠 자신이 없었다.

혹여나 마음이 상하셨을까 싶어 오후에는 그 곁에 더 찰딱 붙어 있었는데, 소주 한 병을 다 비우시고도 소금 창고를 채우시는 아버님이 대단하시다는 생각밖에 안 들었다.

그날 저녁, 이 어렵게 만든 소금 한 줌으로 어머님이 남도의 밥상을 차리셨다. 비금도에서 소금만큼 유명하다는 시금치무침이며, 생선구이, 굴 냉국이 모두 천일염으로 간이 맞춰졌다. 어머님의 손끝을 따라 이리저리 카메라를 돌리고 있을 때였다. 드르륵, 문을 열며 아버님이 부엌으로 들어섰다. 얼굴이 벌게진 채로 비틀비틀하시는 아버님을 보고 어머님 미간이 살짝 찌푸려졌다.

"하이고, 어디서 또 술을 그렇게 잡쉈소."

"아이, 별로 안 마셨어."

"안 마시기는. 저저, 비틀거리는 것 좀 보소."

"아따, 기분 좋아서 한 잔 걸친 것 가지고…."

그 말과 함께 아버님은 휘청 부엌 바닥에 넘어지셨다. 아버님 손끝에 닿았던 쇠그릇들이 땡그랑거리며 날카롭게 떨어졌다. 원 작가와 나는 놀라 아버님을 일으켜 세웠다.

"괜찮으세요, 아버님?"

"어따, 그릇들이 떨어지고 싸…."

"하이고… 방으로 가소, 가."

어머님이 얼른 아버님을 부축해 나가시며, 이 양반은 안 되겠네, 조금만 이따 우리끼리 찍읍시다 하셨다. 두 분이 옥신각신하며 맞은편 건물의 툇마루로 올라서고, 방으로 들어가 문을 닫을 때까지 원 작가와 나는 안절부절못하고 쳐다봤다. 둘만 남은 부엌에는 잠시 적막이 돌았다. 땅바닥에 엎어진 쇠 밥공기와 물그릇이 왠지 처량해 주워 올리고 나니 더 할 일이 없었다. 숨소리마저도 함부로 내면 안 될 것 같은 조심스러운 공간 안에 시계 초침 소리만 컸다. 그렇게 묵직하게 30분가량이 흐른 후, 원 작가가 먼저 입을 뗐다.

"어쩌지…?"

"그냥 찍지 말까…?"

원래 이 부엌은 어머님, 아버님과 저녁 식사를 하며, 오늘 하루가 얼마나 고됐는지, 그렇게 얻은 소금이라 이 반찬들이 얼마나 더 맛나는지 이야기하려던 공간이었다. 그러나 오랜 시간 사람을 잃은 부엌은 온기를 잃어가고 있었다. 식탁 위에 덩그러니 놓여진 요리들은 한참 전에 숨이 죽었다.

"내가 오늘은 그냥 주무시라고 할게."

나는 무거운 발걸음을 떼어 맞은편 건물로 갔다. 툇마루에 올라 노크를 하려던 찰나, 으아아 하는 아버님의 고함에 놀라 멈칫했다. 혹시 무슨 큰일인가 싶어 방문에 귀를 기울였다. 아버님의 고함 소리는 잠잠해졌다 싶으면 한 번씩 문밖을 타고 넘어왔다. 그 속에 취기가 올라 고부라진 말들이 섞여 흘렀다. 그걸 전부 알아들을 수는 없었지만, 띄엄띄엄 자식들 다 키워놓고, 나가 잘못한 거여, 그런 말들이 반복해 들렸다. 그 속에서 어머님은 아무 말씀이 없으셨다. 간간이 휘유, 휘유 하는 한숨 소리만 났다. 한낮에 보지 못했던 그들의 탄식과 한숨 소리를 듣고, 나는 노크도 못한 채 부엌으로 돌아왔다.

"왜…?"

"상황이 별로 안 좋은 것 같아."

이러지도 저러지도 못하는 상황에서, 우리는 무슨 소리가 난다 싶을 때마다 엉덩이만 들썩거렸다. 어머님이 부엌문을 열고 들어오신 건 그로부터 30분이 더 지나서였다. 나는 아무것도 모르는 척 웃으며 말했다.

"어머님, 오늘은 그냥 쉬시지요. 내일 시간 괜찮으실 때 같이 드실까요?"

어머님은 아무렇지도 않으신 척 식탁으로 가 풀썩 앉으셨다.

"다 차려 놨는디. 그래도 밥들은 먹어야제."

다들 아버님의 빈 자리에 대해서는 말을 꺼내지 않았다. 나도 그냥 조용히 어머님 옆에 가 앉아 숟가락을 들었다. 곱다, 곱다 생각했던 얼굴 속에 그런 한숨을 숨기고 계셨을까.

그날은 입안에서 밥알이 거칠게 돌아, 내가 무슨 정신으로 천일염의 맛을 이야기했는지 잘 기억도 나지 않는다. 어머님의 투박한 손을 잡고 과하게 웃으며, 이것이 남도의 손맛이요, 외쳐봤다 한들 어머님의 한숨을 다 지우지는 못했을 것이다.

○

    나는 촬영을 핑계 삼아 한동안 어머님의 손을 꼭 잡았
다. 어머님은 그런 나를 아마도 눈치채셨을 것이다. 그러
니 30년간 염전 일에 거칠어진 그 손을 잡았을 때, 오히
려 나를 위로하는 눈빛으로 쳐다보셨을 것이다.

    세상 모든 일이 다 이런 것 아니겠냐고. 한낮의 태양이
몹시 밝으면 어느 밤은 유독 어둡기도 한 거라고. 그러니
그저 한숨 한번 쉬고 또 살아가는 거라고.

강진에서 얻은
디스크

두 손안의 펄떡임이 척추를 타고 흐르는 이 느낌을 손맛이라 부르는 것인가. 이 짜릿한 전율에 나의 척추는 지금 자연 치유된 것인가. 고맙다, 고마워. 나는 손에 들린 붕어에게 입을 맞췄다.

병원에서는 원래부터도 나의 척추가 대한민국의 1퍼센트에 해당하는 일자 척추라고 했다. 남들처럼 S자로 휘어지지 못한 척추를 가졌으니, 똑 부러지고 싶으면 계속 그렇게 무거운 짐을 들고 다니라 했다. 5년 전, 여기에 허리 디스크와 목 디스크까지 더해져, 나는 무언갈 가만히 버티는 일이 매우 힘들어졌다. 오래 앉아 있거나, 장시간 서 있거나, 잠잘 때 누워 있는 것까지.

예전에 어머니께서, 너는 한자리에서 놀고먹는 돼지띠로 태어나서 왜 소띠인 나보다 힘들게 일하며 돌아다니느냐고 하셨던 적이 있다. 이제는 척추에 생긴 문제들 때문에, 가만히 있는 것이 빨빨거리고 돌아다니는 일보다더 어려워졌으니, 편안한 돼지띠의 운명을 더 배반하며살게 생겼다.

○

디스크를 얻은 5년 전 그날에는 전라남도 강진에 있었다. 겨울로 막 접어들던 11월이라 해가 떠 있는 시간이그리 길지 않았다. 그런 이유로 서울에서 강진에 막 도착한 순간부터 그날 하루가 몹시 분주했다.

하루 해를 남김없이 쓰느라 땅거미가 질 무렵에야 숙소를 잡았는데, 그 낡은 숙소의 야외 주차장은 매우 생소한 구조로 되어 있었다. 일단 차들이 들어서면 주차장의폭이 좁아 한쪽 면에만 길게 주차를 할 수밖에 없었다.주차선의 저편 끝에는 한 뼘 높이의 턱이 있었고, 그 턱아래로는 고랑이 깊게 파여 있었다. 시멘트로 된 그 고랑의 깊이는 1미터가 넘어, 후진을 하다 실수로 턱을 넘으면 차체의 절반이 빠져버릴 것 같았다. 하수도 아닌 것이, 당최 존재의 이유를 모르겠는 그 고랑이 문제였다. 주차 후, 나는 촬영 장비와 옷가지 같은 것들을 꺼내기 위해 트렁크 쪽으로 갔다. 다음 날 촬영을 준비하려면 숙소에 가지고 들어가야 할 짐들이 많았다.

"위험하니까 그냥 옆에 있어. 내가 짐 꺼내서 줄게."

체구가 작은 조연출에게 그렇게 말하고 나서, 나는 턱 위로 올라섰다. 차 트렁크와 턱의 간격이 밭아서 위태위태했지만, 얼른 트렁크에 실린 저 많은 짐들을 빼내고 싶다는 생각밖에 없었다. 나는 턱 위에 올라선 채 곁에 선 조연출에게 대부분의 짐을 전달한 후, 남은 장비 가방 중 하나는 등에, 두 개는 양쪽 어깨에 각각 멨다. 그러고는 트렁크 문을 닫기 위해 손을 위로 뻗었는데, 순간 무게중심이 뒤로 쏠리며 양발의 절반이 들렸다. 어어어, 하며 어떻게든 중심을 맞춰보려 팔을 휘적였지만, 메고 있던 짐의 무게 때문에 그대로 뒤로 넘어갔다. 1미터 깊이의 시멘트 바닥에 허리가 먼저 떨어졌고, 그 반동으로 뒤통수도 세게 부딪혔다. 나는 눈앞이 캄캄해져 한동안 일어나지 못하고 있었다.

　방값을 계산하고 나오느라 뒤늦게 나를 발견한 원 작가의 비명이 가물가물 들렸다. "뭐야, 이게 무슨 일이야, 괜찮아?" 하는 원 작가의 외침이 거의 절규에 가깝다는 것을 인지하고 나서야, 충격 부위들이 저릿저릿한 게 느껴졌다. 처음에는 허리로 떨어졌다는 사실보다 머리가 핑핑 도는 것이 걱정이었다. 나는 괜찮은 걸까, 하면서 나의 이름과 주소 같은 것들을 떠올려봤다. 내가 사는 곳의 동, 호수까지 기억한다는 것을 알게 되자, 간사하게도 그다음에는 내 허리 밑에 깔린 편집용 컴퓨터가 무사한지를 걱정했다. 그런 걸 보면 아주 죽을 것 같지는 않았던 모양이다. 하지만 그때까지 아무런 대답도 못 하고 있었기에, 내가 겨우 눈을 떴을 때 원 작가는 울기 직전의 표정이 되어 있었다.

　"일어날 수 있겠어?"

　고랑 아래로 내려온 원 작가가 조심스레 나를 일으켰다. 감각이 돌아오는지 뒷머리가 깨질 것처럼 조여왔다. 어찌어찌 고랑을 기어 올라와보니, 그제야 한쪽 팔이 피로 얼룩진 게 보였다. 떨어지면서 시멘트 바닥에 갈린 모양이었다. 그깟 찰과상은 무감각해질 정도의 통증이 머리에서 허리로 옮겨가는 게 느껴졌다. 발을 내디딜 때마다 허리가 묵직하게 저렸고, 조금이라도 구부리면 창이 관통하는 것 같은 통증이 들었다.

원 작가는 병원부터 가자고 서둘렀지만 시골의 병원은 이미 모두 문을 닫은 상태였다. 어둑어둑한 거리에서 원 작가의 부축을 받고 걸으며 나는 중얼거렸다. 이런, 또 이렇게 돼 버렸네.

예전에 동남아의 부국, 브루나이로 해외 촬영을 갔을 때도 이렇게 병원을 찾아 헤맸었다. 말이 좋아 해외 촬영이지, 국내 촬영보다 더 긴 일정으로 타국에 다녀오려면, 그 기간 동안 국내에서 방송이 나갈 것을 미리 만들어놓고 가야 한다. 출국하는 기간에 방송될 한 편, 타국에서 촬영하는 기간에 방송될 한 편, 이렇게 총 두 편이 일주일 안에 전부 만들어져야 한다. 그러니까, 해외 촬영 전의 한 주는 그야말로 죽음의 주간이다.

그 난리를 치르느라 나는 몸살이 난 채 브루나이에 갔다. 몸이 아프기만 하면 별 상관이 없을 텐데 목소리가 나오지 않는 게 문제였다. 도착한 첫날에는 쉰 목소리라도 나오더니, 다음 날부터는 목에 힘을 주면 공기가 빠지는 소리만 났다. 목소리 없이 출연을 하고, 공기 새는 목소리로 누군가에게 질문을 할 수는 없었다. 그리하여 기껏 남의 나라에 가서는 반나절 동안 병원만 전전하고 있었다. 해외의 병원에서는 우리나라처럼 쉽게 주사를 놔주려 하지 않았다. 의사는 나의 상태를 보고 일주일간은 누워 있어야 낫는다는 말만 했다. 그때 나는 의사에게 있는 목소리, 없는 목소리를 긁어모아 말했다.

"어떻게든 빨리 낫게 해주세요. 저는 누워 있을 시간이 없어요."

강진의 고랑에 빠진 그날도 딱 그때의 마음과 같았다. 의사를 만나지 못해 애원하지 못할 뿐이었다. 그나마 유일하게 불이 켜져 있던 약국에서 진통제라도 살 수 있는 게 다행이었다. 그 밤, 나는 숙소 방 안에서 뒤척이며 방금 전 입에 털어 넣었던 진통제에게 빌었다. '빨리 퍼져라, 지금부터 온몸에 퍼져 내일 하루 종일 나의 고통을 마비시켜라.' 몇 시간 후면 나는 강진의 한 저수지에 있어야 했다. 그곳에서는 전국에서 몰려드는 큰 행사가 펼쳐질 예정이었고, 나는 이른 오전부터 늦은 오후까지 그 행사를 촬영하기로 약속이 되어 있었다. 그러니 내일 하루만 온전히 버텨달라고, 거주지로 돌아가면 바로 병원행을 해 돌봐주겠노라고, 나의 척추에게 주문을 외다 잠이 들었다.

간밤의 정성 어린 당부 덕분인지 다음 날은 상태가 제법 나아졌다. 좀 삐그덕대긴 해도 허리가 굽혀지고, 걸을 때도 큰 무리가 없는 나의 상태에 감사해 눈물을 흘릴 뻔했다. 그 아침, 여전히 문이 닫혀 있는 병원을 지나 저수지를 향할 때는, 인간의 몸을 보기보다 강하게 만들어주셔서 감사하다는 기도까지 하늘에 올렸다.

그날 100여 명의 인파가 강진의 논둑에 몰려든 이유는 '가래치기'에 참여하기 위해서였다. '가래치기'는 저수지 물을 성인 허리춤까지 빼내어, 그 안에서 가물치며 붕어, 장어 등을 잡아가게 인심을 베푸는 강진의 오래된 행사다. 그리하여 손맛 좀 안다는 전국의 맨손 낚시꾼들이, 전통 농기구인 '가래' 하나만 들고 전부 이곳에 집합했던 것이다.

사람들은 비탈진 논둑을 빼곡히 채우고 발아래 저수지를 바라보며 몸을 풀고 있었다. 나는 곧장 그들에게 달려가 인터뷰를 하다, 문득 그들과 다른 종류의 설렘을 느꼈다.

'아아, 뛸 수 있다! 이것 봐. 내가 뛰고 있어!' 몇 시간 전까지 허리를 부여잡고 있던 내가, 이제 망아지처럼 뛰어다닐 수 있다는 그 사실이 나를 소름 돋게 만들었다. 밤이 어두울수록 별이 더 빛난다고 했던가. 나는 시멘트 고랑에 빠졌던 덕분에, 다른 어느 촬영 때보다도 그날 과하게 웃었다. 사람들은 "시작!" 하는 소리와 함께 저수지에 풍덩풍덩 빠져들었다. 누렇게 시든 연잎 줄기뿐이었던 초겨울의 저수지에는 생동감이 넘쳐흘렀다. 그 열기가 자석처럼 나를 저수지로 잡아당겼다.

카메라를 들고 물에 첨벙첨벙 들어가보니, 그 아래가 온통 진흙이라 자꾸 발목이 잡혔다. 한 걸음 내딛기가 힘든 이 진흙 속을, 저 열정의 낚시꾼들은 저리도 구석구석까지 휘젓고 다니고 있는 것인가. 어디선가 "가물치요!" 하더니 누군가의 손에서 팔뚝만 한 가물치가 펄떡였고, "붕어요!" 하더니 얼굴보다 큰 붕어가 튀어나왔다. 그 외침을 따라 차진 흙 속을 뛰어다니는 동안, 나는 척추의 고통을 아주 잊고 있었다.

"아니, 이것을 어떻게 맨손으로 잡으신대요?"

"요 손맛 한번 보고 나면 안 잡고는 못 배기지라. 나중에는 내가 잡는 게 아니여. 손이 지절로 잡아올린당께."

그러면서 그들은 "한번 해봐요, 내 말이 뭔 뜻인지 알 거여." 했다. 나는 그들을 흉내 내며 저수지 바닥을 훑다가, 한 30여 분의 탐색 끝에 오른쪽 약지 손가락에 무언가 툭 하고 걸리는 것을 느꼈다. 미끄덩하고 묵직한 그 느낌을 좇아 진흙을 휘젓는 동안 한참이나 허리를 굽히고 있었으니, 그 누구도 나를 전날 모텔 주차장 바닥에 허리로 떨어졌던 자로는 보지 않았을 것이다. 내가 너무 저수지 바닥을 헤집어놓아 눈앞이 흐려진 붕어 한 마리가 파드득 손에 들어왔다. 우악, 하면서 나는 그것을 들어올렸다. 두 손안의 펄떡임이 척추를 타고 흐르는 이 느낌을 손맛이라 부르는 것인가. 이 짜릿한 전율에 나의 척추는 지금 자연 치유된 것인가.

고맙다, 고마워. 나는 손에 들린 붕어에게 입을 맞췄다.

○

　그로부터 며칠 뒤, 병원에서는 나의 목과 허리에 디스크가 생겼으며, 그것이 발생한 주변 근육이 찢어졌다고 했다. 그러면서 그곳에 긴 주삿바늘로 약물을 넣어 당장의 고통을 줄일 수는 있다고 했다. 나는 어쩐지 좀 무서워서 그 시술을 받지는 않았다. 그리하여 어쩌다 밤샘 편집으로 오래 앉아 있어야 하는 날이나, 비 오는 날 전후로는 척추가 쑤셔오는데, 그럴 때는 그저 강진 저수지의 붕어를 가만히 떠올려본다.

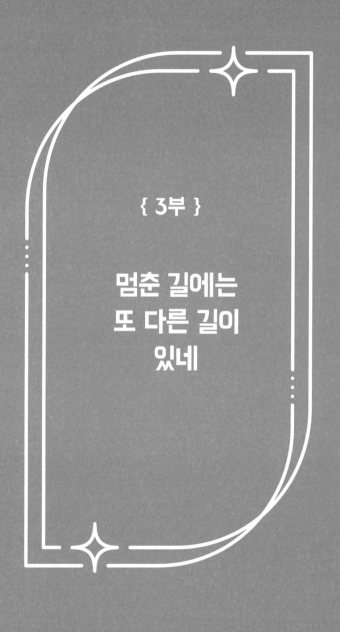

{ 3부 }

멈춘 길에는
또 다른 길이
있네

멈춤

어느 봄, 갓 캐온 나물들을 봉지 가득 쥐여주던 제주 할망장터 어머님의 웃음까지 거기에서 발견하고 나서야 나는 알았다. 여태껏 얹힌 듯 무거웠던 그 마음의 정체가 무엇이었는지.

언젠가는 나의 삶이 조선시대 보부상 같다 생각했다. 봇짐을 짊어지고 여기저기 떠돌려면 그 시대에는 참 일찍도 서둘러야 했겠다. 장이 열리는 시간에 맞춰 산을 하나씩 넘어 다니려면, 아마 닭이 울기도 전에 일어나야 했을 것이다. 나는 닭 대신 알람 시계가 울리는 시대에 있으니, 보부상 선배들보다 새벽 기상이 좀 더 수월한 점은 참 다행스럽다.

○

타지로 떠나야 하는 날, 나의 알람은 늘 새벽 2시에 울렸다. 세상에서 가장 듣기 불편한 알람소리는 이 애매한 시간대에 유난히 크게 들렸다. 그럼 나는 누군가의 단잠을 깨울까 봐, 혹은 아직도 깨어 있는 누군가가 놀랄까 봐 황급히 알람을 껐다. 그러고는 어둠 속에서 얼굴을 한 서너 번 세게 때렸다. 내가 일어나 알람을 끈 것이 전부 꿈은 아닐까 싶어서.

부산으로, 해남으로, 완도로 달려가 해가 떠 있는 시간을 아껴 쓰려면 이때 출발하는 일이 꿈이 되어서는 안 됐다. 이 시간에는 여름이든 겨울이든 서늘함이 몰려왔다. 그래서인지 가방 속에 욱여넣는 카메라가 세상에서 가장 차가운 금속처럼 느껴졌다. 서너 개의 카메라 가방, 카메라 다리, 드론, 사흘간 타지에서 쓸 생활용품들로 사람 키만 한 자동차의 트렁크가 매번 빼곡히 채워졌다.

늦은 밤보다도 어둠이 짙은 새벽 3시의 도로는, 저 사람은 뭐 하는 사람이길래 이 시간에 차를 몰지, 나 같은 사람인가 하는 차들만 빼면 그야말로 뻥뻥 뚫려 있었다.

그게 신이 나서 매번 휴게소를 모두 거르고 너댓 시간씩 쉬지 않고 고속도로를 달렸다. 참 희한한 것은, 꼭 도착지까지 100킬로미터를 남긴 지점에서 매번 졸음이 쏟아졌다는 점이다. 그때쯤이면 도로 끝에서 붉은 태양이 떠올랐는데, 그것이 은근한 위안이자 졸음퇴치제였다.

보부상의 후예처럼 짐을 쌌다 풀었다 하며 19년간 일출을 길 위에서 맞이하다가, 1년 전 겨울, 나는 잠시 멈췄다. 제작상의 구조적인 문제 같은 것들은 그저 핑계일지도 모르겠다. 누구나 풀리지 않는 숙제 하나씩은 안고 살고, 다들 시간에 쫓기며 사는데, 결국 내가 나의 한계를 느낀 것이다. 그해 12월의 마지막 날, 경상북도 영덕의 어시장에서 새해 복 많이 받으시라는 인사를 했던 것이 마지막 촬영이었다.

돌아서는 길은 그러나, 찬 바닷바람이 훅 끼쳐와도 시원하지가 않았다. 죽네 사네 하며 여기까지 함께 온 원작가도 웃음 끝이 씁쓸했다. 매년 12월의 달력을 찢을 때마다, 다리는 무거워지고 숨이 차올라 허덕였으면서, 막상 멈추고 나니 왜 다행인 것이 하나도 없는지 의아했다.

그래서 나는 떠났다. 그런 의문에 최소한 내가 답이라도 할 수 있도록, 태국으로, 필리핀으로, 베트남으로 계속해서 떠났다. 그러느라 멈췄다는 말이 무의미해지고 말았다. 새벽 2시에는 어김없이 알람이 울렸고, 새벽 3시는 여전히 떠나야 할 시간이었으며, 토씨 하나 다르지 않은 나의 일상이 장소만 바뀐 채 유지되고 있었다. 심지어 원작가조차도 여전히 함께였다. 좀 더 정확히 말하자면 나의 꼬드김에 넘어간 원 작가가 함께 해준 것이다. 우리는 동남아에 떠도는 지박령처럼 야자수가 있는 나라들은 죄다 남북으로 종단해 다녔는데, 그걸 대부분 버스로 했다. 하루가 멀다 하고 도장깨기 하듯 도시를 옮겨 다니는, 그리 편하지만은 않은 이 여행 방식을 두고 어느 날 원 작가는 내게 이렇게 말했다.

"하… 이게 무슨 여행이야. 하루라도 고생을 안 하면 죽니?"

남북으로 길쭉한 동남아 국가들은 한 번 움직일 때마다 최소 서울에서 부산까지 가는 시간이 걸렸다. 이게 즐거워 죽겠을 리는 없었다. 애초에 여행이 아니라 고행에 가까운 이 루트를 왜 계획했던 건지, 왜 마냥 기쁘지 않은 건지, 나는 덜컹이는 차 안에서 끊임없이 물었다.

동남아의 습한 공기 속에 머문 지도 네 달이 되어가던 무렵이었다. 그때 나는 필리핀 오지의 한 장터에 있었다.

이제 막 개장한 오전의 장터는, 웃통을 벗고 리어카를 끄는 사람들, 땀을 뚝뚝 흘리며 열대 과일들을 좌판에 꺼내놓는 사람들로 분주했다. 양옆으로 죽 늘어선 천막들 사이로 수많은 툭툭들이 지나가며 흙먼지를 날렸다. 가끔씩 몸에 닿을 듯 스쳐 가는 툭툭이들을 피하느라, 원작가와 나는 천막들에 딱 달라붙은 채 게처럼 옆으로 걸어 다녔다. 한 천막 안에서 채소를 다듬던 상인 어머님들이 그런 우리를 보고 인사했다.

"쿰스타."

"안녕하세요?"

서로 알아듣지 못할 말로 반가워하는 게 재밌었는지, 그들은 배를 잡고 깔깔 웃었다. 다들 피부가 까무잡잡해 하얀 이가 더 도드라져 보였다. 장터에 번지는 이 웃음소리, 오랜만에 마주한 이 정겨운 분위기가 좋아, 나는 두 팔을 빙글빙글, 엉덩이를 실룩실룩하며 소란스러운 인사를 이어 나갔다.

"오, 예. 안녕하세요오. 반갑습니다아."

거기에 답이라도 하듯, 두세 명의 상인 어머님들이 일어나 한 손에는 칼을 들고, 다른 한 손에는 채소를 들고 덩실덩실했다. 곁에서 무심하게 채소 잎사귀를 뜯어내던 어머님들조차 하얀 이를 드러내고 웃음을 터뜨렸다.

인사를 가장한 춤을 추다 말고 나는 순간 현기증이 일었다. 나는 분명히 그 안에서 봤다. 문어며 광어를 들고 웃는 마산어시장 어머님들을. 억수로 크지예, 하면서 펄떡이는 수산물보다 더 큰 몸짓으로 실룩이던 그 모습들을. 어느 봄, 갓 캐온 나물들을 봉지 가득 쥐여주던 제주 할망장터 어머님의 웃음까지 거기에서 발견하고 나서야 나는 알았다. 여태껏 얹힌 듯 무거웠던 그 마음의 정체가 무엇이었는지.

내 부모 같았던, 오랜 친구 같았던 이들에게 아무 말도 못 하고 돌아섰던 마지막 순간이 명치 끝에 걸려 있었다. 그들에게 다하지 못한 이야기를, 나는 저 타국의 여인들에게 이어가며 위로받고 있었던 것이다.

내 마음의 실체를 확인한 순간, 나는 앞으로 어느 야자수 나무 아래에서든 불시에 들이닥칠 그리움들을 차곡차곡 쌓아놓기로 했다. 그것은 부모님께 처음으로 독립하던 순간의 마음과도 같았다. 오랜 시간 살을 부비며 같은 공기를 들이마셨던 그 시간이 너무 당연한 것인줄 알고, 당장 내 상처가 아프다며 볼멘소리를 하기도 했던 그날들이 후회가 되어 밀려들었던 그때. 붉어진 눈시울로 나를 배웅하시던 부모님이, 점처럼 작아져 더 이상 보이지 않을 때까지 바라보고 있었던 그때.

그 순간과 같은 마음으로 이 여행을 이어 나가기를. 당장은 닿지 못하나 그렇기에 더욱 마음껏 그리워하기를. 그러는 동안 내가 툴툴대고 힘들어했던 것들이 사실은 별것 아니었음을 인정하게 되기를.

○

나는 멈추고 나서야 알게 됐다. 아, 나는 멈추지 못하겠구나. 숨 가쁘게 흐르는 시간에 익숙해진 삶 속에서, 나를 계속 움직이게 했던 것이 그들인 것을 확인했으니, 나는 그 주름진 웃음을 뒤돌아서지 못하겠구나. 아이러니한 여행이었다. 나는 결국 멈추지 않기 위해 멈춰져 떠난 것이었고, 타국에서 내 땅의 사람들을 더 많이 생각해냈다. 베트남의 어느 국숫집에서, 라오스의 강가에서 문득문득 피어오르던 추억들과 함께하는 동안 나는 짐작했다. 앞으로도 영원히, 내가 이때 돌아다닌 동남아 국가들을 내 땅과 떨어뜨려 생각하지는 못할 것이라고. 그리고 이 긴 여행 끝에, 나는 다시 보부상처럼 살게 될 나의 운명을 받아들일 것이라고.

눈물이
주룩주룩

언제쯤 당신들이, 또 우리가 다시 크게 웃을 수 있을지, 그것을 기약하지 못하는 날들이 서러워 나는 주책맞게 먼저 눈물을 터뜨리고 말았다.

처음 내가 원 작가에게 동남아 여행을 제안했을 때, 원 작가는 망고와 에메랄드 물빛 같은 것들을 떠올렸다고 했다. 물론 나는 그때, 모든 이동을 현지의 버스나 우리의 튼튼한 두 다리로 하게 될 거란 말은 하지 않았다. 그런 세부 사항들은 비행기 안에서 속삭이듯 전했다.

원 작가가 비행기 멀미에 취해 반쯤 눈을 감고 있을 때, 나는 갑자기 생각이 난 듯 이런 말도 전했다.

"아, 참. 우리 여행지는 대부분 오지가 될 거야."

○

첫 여행지는 태국이었다. 전 세계의 많은 이들이 가성비로 찾는다는 치앙마이에서, 우리는 좀 더 북쪽의 잘 알려지지 않은 도시로 이동했다.

이 넓은 땅덩이의 북쪽은 산간 지역이라, 보이는 것이 대부분 열대의 태양을 받고 하늘 높이 자란 나무들이었다. 숲속 군데군데에는 어떤 이유에서인지 온천이 샘솟는 곳들이 있었다. 이 나라에서도 이열치열이란 말이 통하는 것일까. 마을 주민들 몇몇이 이곳을 찾아와 한낮에 더운물에 몸을 담그고 있었다. 아무도 없을 거라 생각했던 곳에서 사람을 만난 것이 반가워 우리는 소리쳤다. "안녕하세요, 헬로." 하지만 관광객이 드문 이 산골 마을의 주민들은 그 어떤 말도 알아듣지 못했다. 그들은 그저 사람 좋아 보이는 순박한 웃음을 띠고 이리 오라며 손짓했다.

우리는 머리가 희끗한 태국 할아버지와 할머니들이 내

어준 옆자리로 가 더운물에 몸을 담갔다. "오, 뜨거워. 앗, 뜨거워!" 꽤나 소란스러운 우리의 몸짓에 그들은 너털웃음을 터뜨렸다. 두 명의 한국인들과 네 명의 태국인들은 그렇게 온천에서 얼굴만 내놓은 채 서로를 신기해했다. 수없이 교차되는 눈빛에 다들 슬쩍슬쩍 웃다가, 나중에는 각자 자기 나라 언어로 떠들게 됐다. 무슨 말인지도 모르면서 대화가 된다는 게 참 신기했는데, 아마 사람의 표정과 웃음은 언어를 뛰어넘는 모양이었다.

"아, 좋다. 마스크 안 쓰고 얼굴 보니까."

원 작가가 웃으며 소리쳤다. 그때가 2023년 1월이었으니, 우리나라에서는 답답한 마스크를 쓰고 여전히 서로를 조심하던 때였다. 나는 그제야 새삼스럽게 깨달았다. 왜 이렇게 사람 얼굴이 선명해 보이는지, 왜 뜨거운 물에 몸을 담근 채로도 이렇게 가슴이 시원하고 탁 트이는지.

마스크 위로 빼꼼 내민 상대방의 눈만 보고, 그 이가 웃는지 우는지 상상하던 시간만 3년이었다. 사람이 다니지 않아 휑한 거리, 어쩌다 마주친 순간에도 서로를 멀리하며 걷던 그날들에 여러 번 가슴이 철렁했었다. 촬영지에서 예전처럼 사람들과 얼싸안거나 음식을 나눠 먹는 일,

손을 맞잡는 일까지, 사소했던 모든 따뜻한 것들이 꿈같은 이야기가 돼버린 날들이었다.

2021년 2월, 코로나가 정점을 찍고 모든 이가 마음으로도 독감을 앓던 그때, 나는 강원도 영월에 있었다. 그날은 메밀전병 골목을 촬영하는 날이었다. 메밀 반죽 물을 얇게 펴서 그 위에 김치, 당면, 다진 고기 등이 섞인 소를 얹어 돌돌 말아 부친 이 음식은, 내가 개인적으로 생각하는 강원도 최고의 맛이다.

고향인 강원도 원주에서 명절 때 인사차 친척들 집을 들르면, 집집이 메밀전병은 꼭 빼놓지 않고 내오셨다. 이미 차례를 지낸 음식들로 배를 꽉 채우고 가서도, 메밀전병만 보면 반사적으로 젓가락을 들었다. 그러니 사심으로라도 영월의 메밀전병 골목은 꼭 한번 가봐야 했던 곳이었다.

이름만 들었을 때는 어느 거리 한 곳에 메밀전병 가게들이 꽉 차 있는 것을 상상했었는데, 내비의 안내를 받고 온 곳에는 딱 보기에도 오래되어 보이는 건물이 하나 있었다. 마스크 안으로 군침을 삼키며 그 안으로 들어가보니, 어림잡아도 50개는 될 것 같은 메밀전병 매대들이 구획을 나눠 옹기종기 붙어 있었다. 나는 잠시 멈칫했다. 프라이팬마다 기름이 자글대고 있을 것 같았던 그곳에는 나의 상상과 너무 다른 모습이 펼쳐져 있었다. 점심시간이 한참 지났다고는 해도 손님이 단 한 명도 없어서 분위기가 썰렁했다. 프라이팬에 불을 붙일 이유가 없으니 열기를 찾을 수가 없었다. 그 자리를 몇십 년씩 지켜온 상인 어머님들만 문을 열고 들어온 우리를 일제히 쳐다봤다. 그 맥없는 눈빛들을 향해 차마 안녕하시냐는 인사를 할 수 없었다. 대신 "고생이 많으십니다." 하며 최대한 부산스럽게 카메라를 꺼내 들었다.

"우리 어머님들 좀 찍어야지."

아무도 묻지 않았지만, 나는 혼잣말이라고 하기에는 좀 큰 소리로 중얼거렸다. 무겁지도 않은 카메라 렌즈를 훗차, 훗차 하며 연결해 들고, "자, 이제 전원을 켜서." 하면서 카메라를 들여다봤다. 내가 서 있는 구역에는 매대가 한 열 개 정도 밀집해 있었는데, 나의 부산스러움 때문이었는지 하나둘 가스에 불을 붙이는 소리, 프라이팬에 기름이 튀는 소리가 나기 시작했다. 찾는 이 없이 조용한 자리에 유독 크게 울리는 그 소리들이 가슴을 후벼파고 들어왔다.

주름진 어머님들은 그저 무심히 국자를 휘휘 둘렀다. 그 손길을 따라 프라이팬마다 보름달이 하나씩 그려졌고, 마디가 굵은 손가락들이 그 위에 소를 가득 채워 넣고 뚝딱뚝딱 마는데 어느 것 하나 흐트러짐이 없었다.

"와, 어머님. 여기서 메밀전병 파신 지 얼마나 되셨어요?"

나의 물음에 어머님들은 하나 같이 20년이 넘었다는 말씀을 했다. 가장 바깥쪽에 앉은 어머님은 35년이나 그 자리에 계셨다고 했는데, 주름진 얼굴에 뼈가 드러나도록 휘유 한숨을 쉬셨다.

"예전엔 여기가 북적북적했는데."

1년 전까지만 해도 여기는 줄을 서서 먹었던 곳이라 했다. 서너 명이 앉으면 전부인 자리가 꽉 찬 채, 매대마다 메밀전병이며 배추전을 시키는 소리가 들려오는 것 같았다. 분주하게 메밀 반죽을 부치는 것이 하루의 낙이었을 몇십 년의 삶이, 어째서 이 지점에서 한숨으로 변한 건지 안타까웠다. 어머님은 방금 만든 메밀전병을 접시에 담아 내미셨다. 맛이나 보고 가라며 동그마니 쳐다보시기에 나는 와, 하고 앉아 그것을 한입 가득 베어 물었다.

"이야, 너무 맛있다. 완전 매콤 고소. 먹어봤던 것 중에 제일 맛있어요, 어머님."

터질 것 같은 볼을 하고 야단을 떠니 어머님이 희미하게 웃으셨다. 아이구, 맛나다 하며 값을 치르려는데, 이거 하나 가지고 얼마를 받으라는 거라며 어머님이 손사래를 치셨다. 주머니에서 꼬깃한 지폐를 꺼내 드니 팔을 치며 짐짓 화를 내셨다. 감사합니다, 어머님 하면서 우물쭈물하던 그때, "내가 만든 것도 한번 잡숴봐." 하면서 누군가 팔을 잡아끌었다. 얼굴이 서글서글한 어머님 한 분이 나를 자신의 매대로 끌고 가더니, 쟁반에 쌓인 메밀전병을 프라이팬에 덥히기 시작했다. 그래도 혹시나 찾아올 어떤 손님을 위해 그날 아침 만드셨을 통통한 메밀전병들이, 프라이팬 위에서 좌로 우로 구르다 접시에 담겨졌다. 어머님은 그것을 내 얼굴에 들이밀며 빙그레 웃었다.

"맛이 없더라도 잡숴 봐."

"아이고, 어머님. 뭘 이렇게 많이 주세요."

김이 나는 메밀전병을 후후거리며 깨무는데, 곁에서 지

켜보던 어머님이 다시 분주하게 대여섯 개의 메밀전병을 프라이팬에 집어넣었다.

"여기 작가님이랑도 다 한번 맛을 봐야지. 이거 가져가서 잡숴."

아니에요, 어머님 하며 팔을 잡으니, 어머님은 "어차피 남으면 다 버려야 돼." 하며 웃으셨다.

어머님의 메밀전병은 매운 김치가 소로 들어간 걸까. 방금 목구멍으로 메밀전병이 넘어간 자리가 얼얼했다. 프라이팬에 줄지어 있는 메밀전병에서 더운 김이 훅 눈에 끼쳐와 어머님의 모습이 어릿어릿해지고 말았다. 괜찮다고, 하지 마시라고, 어머님의 메밀전병은 보기만 해도 배가 부르다고, 그 말들이 목에 턱 걸려 나오지가 않았다. 어머님이 무겁게 채워진 따뜻한 상자를 손에 쥐어주셨을 때, 나는 그 온기가 서러워져 후드득 눈물을 떨어뜨렸다. "맛이 없어서 그래?" 하는 어머님의 농담에 컥컥대며 웃어봐도 자꾸만 뿌옇게 차오르는 눈물은 어떻게 할 방법이 없었다. 두런거리는 말소리가 사라진 쓸쓸한 거리에서 누구보다 크게 울고 싶었던 사람은 오히려 어머님이었을 텐데. 언제쯤 당신들이, 또 우리가 다시 크게 웃을 수 있을지, 그것을 기약하지 못하는 날들이 서러워 나는 주책맞게 먼저 눈물을 터뜨리고 말았다.

그날 저녁, 나는 숙소로 가져온 슬픈 메밀전병을 눈앞에 두고 있다가, 워낙 경황 없이 그 골목을 빠져나오느라 장비 하나를 놔두고 온 것을 알아차렸다. 내가 다시 그 골목으로 돌아갔을 때는 덮개로 꽁꽁 싸매진 매대들만 남아 있었다. 내가 놓고 간 장비는 어머님 매대의 구석진 자리에 고이 놓여 있었다. 나는 차라리 잘됐다 싶은 마음으로 장비가 있던 자리에 꼬깃한 1만 원짜리 지폐를 놓고 나왔다. 그건 어머님의 메밀전병 값이 아니었다. 이곳에 어서 소란스러운 웃음이 돌아오길 바라는 기도에 가까웠다.

○

그것이 3년 전의 이야기다. 더 이상 마스크에 얼굴을 숨기지 않아도 된 지도 1년이 지났다. 아마도 영월 메밀 골목은 전처럼 북적북적해졌을 것이다. 상인 어머님들은 또 눈코 뜰 새 없이 바쁘게 전을 부치고 계실 것이다.

그날 몹시 서러웠던 눈물이 지금에 와 조금 우습더라

도 나는 기억할 것이다. 내가 당연하게 여기던 그 사소한 것들이 얼마나 소중한 것이었는지. 뼛속까지 시린 날들 속에서도 우리가 끝내 잊지 말아야 할 것이 무엇인지.

남자여 여자여

그리하여 그날부터 나는 최선을 다해 성별을 비밀에 부쳐오고 있다. 도를 외치는 어머님과 모를 외치는 아버님 사이에서 오늘 하루도 열심히 놀아볼 요량으로.

  태국의 그 스님은 안녕하신가 모르겠다.

  어느 하루, 나는 태국 불교계에 종사하시는 분에게 큰 번뇌를 안겨 드렸더랬다. 그날은 '불교 국가에 왔는데 절은 한번 들러보고 가야지.'라는 생각으로 태국 치앙마이의 도이수텝 사원을 찾았다. 이곳은 절 내부의 법당이나 사리탑 같은 것들이 모두 금칠이 된, 일명 황금 사원으로 유명한 곳이라, 그날도 수많은 관광객들로 바글거렸다.

○

황금빛으로 번쩍이는 법당 한 켠에서, 서른 명이 넘는 사람들이 합장을 한 채 무릎을 꿇고 있었다. 그들은 동양인, 서양인 할 것 없이 뒤섞여 오랜 침묵을 견디고 있었는데, 그게 다 스님에게 축원 기도를 받기 위해 기다리는 것이라 했다.

나는 '복을 받고자 하는 마음은 서양인도 매한가지구나.' 생각하며, '좌식 생활을 하지 않는 서양인들이 과연 무릎을 꿇은 채 얼마나 버틸 수 있을까.' 하는 쓸데없는 걱정을 하고 있었다. 안에 있던 스님이 그런 나를 보고 이리 들어오라는 손짓을 했다. 서양인들의 관절 걱정을 하며 서 있던 나는, 처음에 그것이 나를 향한 호출인지 몰라 고개를 두리번거렸다.

부리부리한 눈으로 뜨겁게 나를 응시하는 태국 스님에게, 나는 한국어로 '저요?' 하는 입 모양을 했다. 하루에도 수십 나라의 외국인들을 겪었을 태국 스님은 다행히 그것을 알아듣고 고개를 끄덕였다. '왜지. 왜 나를 부르시지.' 내가 이 법당과는 뭔가 어울리지 않는 서양인들을 숨

은그림찾기 하듯 바라보며 서 있었던 것을, 스님은 불교에 대한 지대한 관심으로 오해하셨는지도 몰랐다. 나는 왠지 모를 미안한 마음이 되어, 여전히 관절이 접혀 있는 서양인들 사이를 엉거주춤하게 비껴가 스님 앞에서 무릎을 꿇었다. 스님은 나의 정수리 위로 태국어 주문을 외다가 성수 같은 것을 뿌렸다. 이 축복의 의식이 행해지는 동안 나는 머리를 조아린 채 감개무량해하고 있었는데, 갑자기 스님이 내게 큰 소리로 외쳤다.

"ผู้ชาย(푸차이), หญิง(힝)."

나는 그것이 축복 의식의 연장선에 있는 주문 같은 것인 줄 알았다. 그리하여 합장한 두 손에 힘을 주고 더더욱 머리를 조아렸는데, 그런 나의 정수리에 대고 스님이 들으라는 듯 더 크게 외쳤다.

"ผู้ชาย(푸차이)! หญิง(힝)!"

당시에 몰랐던 그 외침의 의미는 이런 것이었다.

"남자야! 여자야!"

나는 두 눈에 물음표를 띄운 채 스님을 쳐다봤다. 소통의 벽에 부딪힌 스님은 나를 위아래로 훑어보더니 고개를 갸우뚱했다. 알고 보니, 축복 의식의 마지막 단계에서 스님이 실 팔찌를 건네주어야 하는데, 받는 사람의 성별에 따라 그 모양이 좀 달랐다. 남자가 받는 실 팔찌에는 작은 나무 구슬이 하나 달려 있었고, 여자가 받는 실 팔찌에는 구슬 없이 매듭이 지어져 있었다. 스님은 나를 바라보며 지금껏 행해온 축복 의식의 역사에서 최대의 난관에 부딪힌 사람의 표정이 되었다.

잠시 침묵 속에서 고민하던 스님은, 결국 내게 두 개의 실 팔찌를 모두 내밀었다. 내 손바닥 위에 고이 놓인 서로 다른 모양의 실 팔찌들과 스님의 멋쩍은 표정을 마주하고 나서야, 나는 방금 전 법당에 울리던 그의 절절한 외침이 무슨 뜻이었는지 어림짐작할 수 있었다.

여태껏 살아오는 동안, 나는 의도치 않게 수많은 사람들에게 번뇌의 의문을 안겼다. '남자야, 여자야.' 이 문제를 두고 9년 전, 전라북도 남원의 한 시골 마을에서는 어머님, 아버님들이 단체로 패닉에 빠진 적이 있었다. 때는 가을이라, 마을 어머님 한 분이 실하고 기름진 미꾸라지들을 봉지 하나가 터질 정도로 사오셨다. "여그는 다 노인네들뿐이니, 오늘 저녁은 요놈 나눠 먹고 다 같이 몸보신 좀 해야긋소." 하시면서, 어머님은 굵은소금과 까칠한 호박잎으로 미꾸라지들을 벅벅 문댔다. 점액질이 사라진 미꾸라지 한 대야에, 시래기와 배추까지 몇 움큼씩 넣고 끓이니 추어탕이 한솥이 됐다. 그 어마무시한 양에 놀라 내가 혀를 내두르자, 어머님은 "아따, 뭣이 그리 놀랍소. 한입씩 맛이나 보려면 이 정도는 돼야제." 하시면서, 그걸 전부 바가지로 퍼서 양동이에 옮겨 담았다.

한낮에도 나무에서 홍시 한 바구니를 따면, 사람들이 지나가던 이를 붙잡고 반쪽씩 나누어 먹더니, 과연 우애 좋은 마을이었다. 나는 어머님을 도와 양동이를 마을회관까지 옮겼다. 추어탕 소식을 듣고 달려온 이장님이 회관 안에서 마이크를 잡고 방송을 했다.

"아, 아. 마을 여러분에게 알립니다. 오늘 양기순 씨가 추어탕을 끓였습니다. 각자 반찬 하나씩 들고 마을회관에 와서 추어탕을 맛보기 바랍니다."

어둑어둑해진 골목에서 대문 열리는 소리가 끼익, 끼익 하더니, 아직 저녁 식사 전이었던 대여섯의 어머님, 아버님들이 김치와 막걸리 한 병씩을 들고 모여들었다. 머릿

수대로 가져온 반찬들에 추어탕 한 그릇씩을 더하니 금세 거한 한 상이 차려졌다. 갑자기 결성된 잔칫날처럼 모두 머리를 맞대고 추어탕을 후후 불다, 칼칼허네, 맛나네 하며 몇 번씩 막걸리 잔을 부딪혔다. 나는 몇 시간 전 미꾸라지의 점액질이 벗겨지는 광경을 목격하고서도, 역시 전라도의 손맛이다 하며 추어탕을 우걱대고 있었는데, 두 뺨에 살짝 홍조가 오른 아버님 한 분이 내게 물었다.

"그래 장가는 갔소?"

나는 순간 캘룩댔다. 덜 갈린 미꾸라지 한 놈의 뼈가 목구멍을 긁는 모양이었다. 그날 나와 가장 오랜 시간을 붙어 있었던 어머님이, 하루 종일 가슴에 품고 있었을 그 말을 토해내듯 내뱉었다.

"아니, 그란디. 남자요, 여자요?"

내가 눈을 떼굴거리며 급하게 입 속의 추어탕을 삼키는 동안 상 위에서는 설전이 벌어졌다.

"아니, 저 팔뚝에 핏줄 튀어나온 걸 보쇼. 딱 봐도 남자구마."

"목소리는 똑 여자 같은디."

"어허, 아까 힘 쓰는 것 못 봤소?"

방금 전까지도 우애 좋았던 마을 사람들은 나의 성별 문제로 인해 완전히 분열되었다. 어머님, 아버님들은 기여, 아니여 목에 핏대를 세우며, 추어탕 그릇을 들고 있는 나를 요목조목 분석했다. 거기에는 '100분 토론'을 능가하는 합리적인 추론과 열정이 있었다. 나는 감탄한 채 이쪽 어머님에서 저쪽 아버님으로 눈알을 굴리느라 몹시 바빴다. 이러다 100분이 아니라 밤을 샐 수도 있을 것 같았다. 이 모든 광경을 카메라 뒤에서 지켜보던 원 작가는, 어머님 아버님들의 너무나 진지한 표정에 와하하, 하고 웃음을 터뜨렸다. 그 호탕하고 시원한 웃음소리에 흐름이 끊긴 토론의 장이 잠시 조용해지더니, 이내 누군가가 소리쳤다.

"그라요? 안 그라요? 속 시원히 이야기를 좀 해보쇼."

계속되는 추궁을 못 이기고 나는 성별을 실토했다. 그러자 한쪽에서 "에이, 그짓말 마쇼." 하는 소리가 들리더니, 몇몇 분이 탐탁지 않은 표정으로 손을 휘저었다. 별수 없이 내가 다른 성별을 이야기했더니, 또 한쪽에서 "아따, 참말로. 진실을 말하랑께." 하고 목소리를 높였다. 내가 무엇을 말하든 간에 어머님, 아버님들은 믿을 생각이 없어 보였다. 이 혼돈의 상황을 정리하기 위해 이장님이 두 팔을 벗고 나섰다. 나의 성별은 추어탕 한 상 위에서 이장님이 주관하는 찬반 토론에까지 붙여지게 됐다.

"자, 이 양반이 여자라고 생각하는 사람, 손."

"에, 또. 남자라고 생각하는 사람, 손."

그날 저녁, 나의 성별은 남원 마을회관에서 거수의 과정을 거쳐 6:1의 결과로 남자로 결정되었다. 그제서야 어머님, 아버님들은 흡족한 웃음을 지었다.

○

이 일련의 과정들을 입을 헤 벌리고 지켜보면서, 나는 내 성별이 윷놀이판의 윷가락 같은 것이 될 수 있겠구나 싶어졌다.

윷가락은 제 스스로 도가 될지, 모가 될지 결정하지 않는다. 그것은 던지는 자에 의해 결정된다. 그렇다고 해서 어디 윷가락이 섭섭해했던 적이 있었겠는가. 그것은 그저 모든 경우의 수를 품고 제 자신을 숨긴 채 윷판 위에서 열심히 던져질 뿐이다. 그럼으로써 윷놀이에 참여한 모든 자들이 한판 신나게 놀아볼 수 있는 것이다. 그리하여 그날부터 나는 최선을 다해 성별을 비밀에 부쳐오고 있다. 도를 외치는 어머님과 모를 외치는 아버님 사이에서 오늘 하루도 열심히 놀아볼 요량으로.

고생 끝에는
고달픔이 남는다

언젠가 이와 비슷한 상황을 한번은 마주하게 될 것이다. 지금이야 고개를 휘젓지만 막상 닥치면 또 어찌어찌 길을 갈 것이다. 뜻밖의 일들을 겪고, 예상치 못한 난관에 부딪히기도 하면서.

베트남 여행에서부터는 고생이 도를 지나치기 시작했다. 이미 원 작가와 나는 베트남 남쪽 도시 호찌민에서부터 북쪽의 사파까지, 2,000킬로미터가 넘는 거리를 버스로 북진해온 터였다. 20킬로그램에 육박하는 배낭을 메고 이틀에 한 도시씩 도장깨기를 해왔던 것이 성에 차지 않았는지, 나는 대망의 개고생 프로젝트를 구상했다(왜 개는 항상 이런 극단적인 표현들에 이용되는지 모르겠지만, 미안하게도 이보다 더 찰떡같은 표현을 찾을 수가 없다). 더 이상 북진할 곳이 없는 베트남 땅의 끄트머리에까지 왔으니, 이번에는 라오스로 국경을 넘어 가보려 했던 것이다.

○

이 일을 하려면 현지의 버스로 하루하고도 몇 시간을 더 가야 한다고 했다. 원 작가의 말마따나 하루라도 고생을 하지 않으면 온몸에 가시가 돋는 사람처럼 이 생고생을 사전예약하게 된 이유는, '헉. 왜 이렇게 비싸.' 하고 두 눈을 의심하게 되는 라오스행 비행기표 값 때문만은 아니었다.

그즈음 나는 우수에 찬 눈으로, 어떻게 사는 것이 정답인지, 때늦은 사춘기를 맞아 번뇌에 휩싸여 있었다. 그 질문은 내가 흩트린 일상에서 고개를 쳐든 불안함으로부터 시작됐다.

여전히 나는 새벽마다 경기를 하듯 깨어났지만, 빠듯한 일정에 하루를 쪼개 쓰느라 촬영 내내 서려 있던 긴장감, 방송 일정까지 밤을 새워 편집하는 동안 스스로를 채근

하던 피로감 같은 것들이 사라진 시간은 어색하기 짝이
없었다.

　동남아로 흘러들어오기 전, 내게는 편집 컴퓨터를 눈앞
에 두고 단 한 컷도 잘라내지 못한 채 드러누워 잠만 잤
던 날들이 있었다. 그러다 방송 직전이 되어서야 휘몰아
치듯 영상에 칼질을 했고, 그 문제로 실망한 원 작가와
투닥이게 되는 날들이 손에 꼽을 수 없을 만큼 많아졌다.
어디 하소연할 데가 마땅치 않았던 나는 병원으로 달려
갔다. 피를 뽑고 혈압을 재고 몇몇 검사를 한 후, 의사 선
생님은 결과지를 보며 말했다.
　"별 이상이 없어요."
　나는 단전에 뭉쳐 있던 답답함이 폭발해 "그런데 제가
왜 이런 겁니까? 어떤 날은 하루에 열 시간을 넘게 잔 적이
있어요. 그날은 그래선 안 되는 날이었는데 말이죠."라고
소리치고 싶었지만, 그저 어색하게 웃으며 "근데 왜 이렇
게 피곤한 느낌이 드는 거죠."라고만 했다. 나이가 지긋한
의사 선생님은 그런 나를 탐색하듯 바라보며 물었다.
　"평소에 몇 시간씩 자요?"

"일정하지가 않아서… 한 네 시간씩 자다가, 몇 번 밤을 새기도 하고…. 근데 어떤 날은 열 시간을 넘게 자요. 사실 그게 걱정돼서…"

"먹는 건 제때 먹어요?"

"그것도 대중 없어요. 일하느라 건너뛰고 밤에 몰아 먹기도 하고."

"계속 그렇게 지내보세요."

나는 잘못 들었나 싶어 눈을 동그랗게 뜨고 "네?" 했다. 그러자 의사 선생님이 빙그레 웃으며 말했다.

"그럼 빨리 죽어요."

나는 그 명쾌한 답변에 오, 하고 놀랐다. 제때 식사 잘하고, 잘 자는 것이 중요하다는 의사 선생님의 말이 그대로 끝을 맺을까 봐, 나는 다급하게 전에 없던 열 시간의 잠에 대해 물었다. 의사 선생님은 무슨 일을 하냐, 스트레스를 많이 받는 성격이냐, 뭐가 좀 완벽해야만 하는 피곤한 스타일이냐 하는 질문들 끝에 '번아웃이 온 듯하다'라는 진단을 내렸다.

번아웃. 나는 어딘가 좀 사치스러운 구석이 있는 그 병명에 코웃음을 쳤다. '내가 좋아 시작한 일인데.' 하면서 촬영지로 나가, '이거 봐. 어머님 아버님을 만나면 이렇게 좋잖아.' 하고 안심했다. 하지만 이내 멍하니 컴퓨터 앞에 앉아 손가락 하나 까딱하기 싫은 시간들이 도돌이표처럼 반복됐다. 그런 나 때문에, 영상이 완성되어야 그 위에 글을 쓸 수 있는 원 작가마저 허덕이게 됐다. 나는 당장 눈앞의 원 작가에게, 그 후에는 현장에서 함께 웃는 모든 이에게까지 미안해지는 마음을 견딜 수 없어 멈춰서고 말았다.

인생의 절반은 시간에 등을 떠밀려 살다가 어느 날 갑자기 찾아든 어색한 여유를, 나는 사서 하는 고생으로 채워 넣느라 혈안이 돼 있었다. 이렇게 하면 삶의 번뇌에 대한 해답이 그 사이 어디선가 툭 튀어나올 것 같았다. 그런 근거 없는 믿음을 가지고 있었으니, 라오스를 향해 하루 종일 국경을 넘어가는 일은 내게 가본 적 없는 산티아고 순례길마저 연상시켰다. 어쩌면 이 길의 끝에서 눈물 한방울을 흘리며 가슴 칠 만한 깨달음을 얻게 될지도 모르는 일이었다.

베트남에서 라오스로 떠나는 날은 부슬비가 내렸다. 국

경을 넘는 버스가 출발하는 시간은 오후 5시 반이었다. 우리는 혹시 모를 사태를 염려해 20분 일찍 버스가 온다는 장소에 도착했지만, 비가 추적추적 내리는 거리 끝을 목을 쭉 빼고 쳐다보기를 여러 번, 버스는 출발 시간보다 30분이나 늦게 도착했다.

그동안 우리는 베트남에 와서 수없이 많은 버스를 탔었는데, 예정된 시간보다 한참 나중에, 심지어는 훨씬 일찍 출발했던 경우도 더러 있었기에 이번 사태에서도 마음의 평정을 쉽게 찾을 수 있었다. "이야, 생각보다 버스가 엄청 크네." "오, 슬리핑 버스였어!" 우리는 함성을 지르며 버스 계단을 올랐다.

운전기사가 불을 켜주지 않아 어두컴컴한 내부에는 2층짜리 침대들이 양옆으로 줄지어 다닥다닥 붙어 있었다. 아니, 침대라기보다는 고속버스 의자가 180도 뒤로 눕혀져 있는 것이었지만, 발판이 연장되어 있어 두 발을 올리고 편히 누울 수 있으니 사실 침대나 다름없었다. 우리는 예상했던 것보다 너그러운 환경에 신이 나서 자리에 풀썩 누웠다. 그 위에는 언제 빨았는지 알 수 없는 담요까지 준비돼 있었다. 어차피 베트남 여행이 장기전이 되면서 몇 벌

챙겨오지 않은 옷을 한번 입으면 일주일씩 입고 다녔으니, 그런 우리가 담요의 위생을 걱정할 필요는 없었다. 우리는 흡족한 웃음을 띠고 담요를 목까지 끌어올리며 소리쳤다.

"와, 이렇게 가는 거면 일주일도 타고 가겠다."

그러나, 출발한 지 열한 시간이 지났을 때, 그 만족감은 산산이 깨졌다. 갑자기 버스가 정차하더니, 운전기사가 "라오, 라오." 하고 소리치고 다니며 내리라는 손짓을 했다. "라오?" 하고 내가 되묻자, 그는 창밖을 가리켰다. 아무래도 여기서부터는 라오스까지 가는 차로 바꿔타야 하는 모양이었다.

휴대폰으로 지도 검색을 해보니 베트남 국경까지는 차로 한 시간 정도 남아 있었다. 좀 배기기는 했어도 두 다리를 뻗고 갈 수 있는 자리였는데. 아쉬움에 쩝쩝거리며 버스에서 내린 우리는 바꿔 타야 하는 차를 보고 경악을 금치 못했다. 낡은 15인승 미니버스는 사람이 타도 되나 싶은 형상을 하고 있었다. 변기, 밥솥, 멸치 포대, 배추 등 설마 거기 실릴 거라고 예상하지 못했던 별의별 물건들이 금방이라도 쏟아져 내릴 듯 트렁크에 쌓여 있었고, 그러고도 넘쳐나는 짐들은 통로에 던져지다 못해 지붕 위에까지 한

가득이었다.

"으악, 세상에." 나는 통로에 깔린 짐들을 밟을까 봐 진땀을 흘리며 자리를 잡았다. 원 작가는 의자에 구겨져 앉다 놀란 눈을 하고 말했다. "와, 앉으니까 무릎이 끼여." 우리는 신장이 너무 길어서 슬픈 짐승들이 아닌데도, 자리에 앉고 나니 도가니가 앞좌석 등받이에 닿았다. 게다가 의자는 하나도 뒤로 젖혀지지 않고 직각으로 고정되어 있어 마치 면접 보듯 각을 잡고 앉아야 했다. 등은 쫙 펴고, 무릎은 조신하게 끼인 채, 우리는 트렁크에서 진하게 풍겨오는 각종 채소와 건어물의 쿰쿰한 냄새를 맡았다. "와, 이렇게 열몇 시간을 더 가야 하는 거야?" 나는 내가 말하고도 소름이 끼쳐 경직된 채 원 작가를 쳐다봤다. '부릉' 하고 차 시동이 걸리는 소리가, '자, 이제부터 기대해.' 하는 소리로 들렸다. 웬만한 사람 말소리는 다 삼켜버리는 엔진 소음과 함께, 차는 가다 서다를 반복하며 가뜩이나 좁아터진 공간에 자꾸 사람을 태웠다. 그러는 바람에, 운전기사 둘을 포함해 다섯 명으로 출발했던 차가 베트남 국경에 도착했을 때는 15인승 정원을 한참 넘긴 스물두 명이 되어 있었다.

그 스물두 명의 사람들은 참 열심히 그 좁은 차를 오르 락내리락거렸다. 베트남 국경에서, 그로부터 5분 뒤의 라 오스 국경에서 신원 확인을 받기 위해 그랬고, 라오스 땅 에 진입하면서부터는 쓸데없이 차에서 쫓겨나느라 그랬 다. 그 차는 베트남과 라오스 사이를 오가는 일종의 택 배차이기도 했나 보다. 라오스의 이 마을, 저 마을에 차 가 멈추더니 사람보다 훨씬 많이 실린 짐들을 한번씩 토 해냈다. 그때마다 운전기사들은 마구잡이로 실린 짐 더 미 속에서 내릴 물건을 찾느라 차를 뒤집어났다. 그게 찾 아질 때까지 사람들은 전부 차에서 쫓겨나 땡볕을 맞아 야 했다. 다섯 번째쯤 쫓겨나고 나니 베트남에서 출발한 지 꼭 스무 시간이 됐다. 나는 왜 버스로 국경을 넘으면 하루가 넘는 시간이 걸리는지 이해하게 됐다. 사람들은 영혼을 상실한 얼굴로 버스 앞에 서 있거나, 그늘을 찾 아 아예 드러누워 있었는데 하나같이 생기가 없었다. 아 마도 나와 원 작가를 포함해 다수가 그때까지 뭘 먹은 게 없어서 더 그랬을 것이다. 나는 초점을 잃어가는 눈동자 로 원 작가에게 말했다.

"와… 이럴 줄 알았으면 베트남에서 출발하기 전에 겁

나게 많이 먹고 오는 건데."

"하… 말할 힘도 없다."

전날 점심을 빵 쪼가리로 대충 때울 때는, 국경을 넘는 버스가 하루를 넘게 달리니 그래도 한 세 번쯤은 휴게소 비스무리한 곳에 들르지 않을까 생각하고 있었다. 하지만 출발 열네 시간 만에 라오스 땅으로 넘어와서야 그저 식당 한 곳에 들른 게 전부였고, 그곳에서는 라오스 돈만 받았다. 베트남에서 출발했던 우리에게는, 당연히 라오스 돈이 없었다. 음식점 주인에게 "달러, 달러." 외쳐봤지만, 그녀는 그저 "라오 머니." 하고 돌아섰다. 우리는 그 사막의 오아시스 같은 식당에서 아무것도 사 먹지 못하고 음식 냄새만 맡았다. 그리고 나니 더 허기가 졌다. 일을 할때는 먹으라고 해도 바빠서 밀어냈던 게 밥이였는데, 안 먹는 밥과 못 먹는 밥이 이렇게 달랐다.

우리는 굶주린 배를 부여잡고, 마치 깨지 않는 꿈처럼 차에서 내렸다가, 기한 없이 기다렸다가, 다시 올라타기만을 반복했다. 그러는 동안 짐도, 사람도 하나씩 줄어들었고, 어둠이 들어찬 차 안에 서너 명의 사람들만 남았을 때, 운전기사가 "루앙프라방!" 하고 소리쳤다. 버스의 종점이자 우리의 목적지인 이곳에 도착한 것이, 출발한 지 스물다섯 시간 만의 일이었다.

"으아, 드디어 왔다." 우리는 차에서 내리며 누가 먼저 랄 것도 없이 외쳤다. 하루 하고도 한 시간, 이 지난한 여정 끝에 도착한 루앙프라방 터미널에서, 나는 눈물 한방울을 흘리지도, 인생의 숭고한 깨달음을 얻지도 못했다. 그저 진이 빠진 채 승객을 들들 볶던 버스가 멀리 사라지는 것을 바라볼 뿐이었다. 나는 유난히 무거워진 배낭을 어깨에 둘러메며 탄식했다.

"우리가 이걸 어떻게 했지?"

"모르니까 했다, 정말."

원 작가는 두 번은 못 할 일이라며 몸서리를 쳤다.

○

하루가 넘게 국경을 넘는 버스를 다시 탈 일은 아마도 없겠지만, 언젠가 이와 비슷한 상황을 한번은 마주하게 될 것이다. 지금이야 고개를 휘젓지만 막상 닥치면 또 어찌어찌 길을 갈 것이다. 뜻밖의 일들을 겪고, 예상치 못한 난관에 부딪히기도 하면서. 계획에 없던 그 수많은 변수들을 다시 만나게 될 그때에는 정색하는 대신 아이처럼 깔깔댈 수 있기를, 남은 거리를 가늠하느라 조급해하지 않기를, 나는 터미널을 나서며 바랐다.

아날로그 시대에 대한 동경

그날 나는 동남아 여행을 통틀어 가장 즐거웠고, 가장 진심을 다해 웃었다. 그 시간에는 내가 잊고 살았던 순수함, 낭만 같은 것들이 흐르고 있었다.

우리나라 1970년대 언저리로 시간 여행을 하는 곳. 동남 아의 땅들은 그런 느낌이었다. 더군다나 우리는 그 나라들 의 오지로만 찾아다녔으니 세련된 느낌이 없어 더 그랬을 것이다. 라오스 남쪽, 메콩강 위에 떠 있는 작은 섬, 돈콘 은 특히 시간이 더디게 흐르는 곳이었다. 그곳에는 2층보 다 높이 올라간 건물이나 자동차 하나 없었고, 그런 것들 이 딱히 필요해 보이지도 않았다. 사람들은 다만 메콩강으로 배를 타고 나가 그물을 던질 뿐이었고, 그런 사람들 몇 몇을 제외하면 거의 다 농사를 지으며 살았다.

○

그러니 낡은 오토바이를 하나 빌려 섬 속을 파고들었을 때는 눈앞에 초록의 들녘만이 끊임없이 펼쳐졌다. 조금 크다 싶은 나무 아래에는 어김없이 목에 종을 단 물소들이 서너 마리씩 있었고, 그 물소들을 열 살쯤 되어 보이는 아이들이 밭으로 몰았다. 아버지처럼 보이는 사람이 그 뒤를 따라오다 서툰 물소 몰이를 바로잡는 광경을 몇 번 마주쳤다. 아마 이곳의 아이들은 그 정도 나이가 되면 물소를 모는 것부터 배우는 모양이었다. 그런 풍경 속을 한참 달리다 보면 그 길이 메콩강으로 이어졌다.

우기의 메콩강은 바닥이 일어 뿌연 황톳빛이었지만, 놀거리가 부족한 이곳 아이들 여섯이 그 속으로 공중 돌기를 하며 뛰어들었다. 우리는 그 광경에 마음을 뺏겨 가던 길을 멈추고 아이들 뒤에서 와 하며 지켜봤다. 관객이 생기자 신이 난 아이들은 실컷 다이빙 실력을 자랑하다가,

가끔 눈이 마주치고 함께 웃던 내게 다가와 손을 잡아끌었다. "에? 뭐, 같이 하자고?" 나는 마지못한 척 끌려가 그 황토물에 첨벙첨벙 몸을 담갔다. 여섯 명의 라오스 아이들과 내게는 그때부터 언어가 아무런 문제가 되지 않았다. 눈빛이 한번 마주치면 다 같이 잠수했고, 누군가의 손짓 한 번에 함께 수영을 했다. 나는 몇몇 집의 엄마들이 이제 그만 나오라며 소리칠 때까지 그 아이들과 메콩강물을 튀기며 웃었다. 그러느라 나의 하얀 반팔 셔츠는 진한 황토색으로 변해버렸지만, 그날 나는 동남아 여행을 통틀어 가장 즐거웠고, 가장 진심을 다해 웃었다. 그 시간에는 내가 잊고 살았던 순수함, 낭만 같은 것들이 흐르고 있었다. 나는 그날 하루 내가 봤던 모든 것들이 아마도 우리나라의 70년대 풍경즈음 될 거라고 생각했다.

내가 그 시대를 살아보지도 않고 70년대의 풍경을 어림짐작하는 것은, 고등학교를 졸업할 때까지도 외할머니께서 오래된 흙집을 고수하셨기 때문이다. 그 집은 60년대생 나의 어머니를 비롯한 8남매가 몇십 년을 커온 곳이었다. 식구 열 명이 먹고 살아야 해서였을까. 집의 정중앙에는 아궁이 딸린 커다란 부엌이 있었고, 그 양옆으로 방이 하나씩 있었는데, 신기하게 이 두 개의 방은 부엌에서도 들어가는 문이 하나씩 있었고, 또 밖에서도 들어가는 문이 있었다. 방 하나에 문이 두 개씩 달려 있으니 식구가 많아도 소통을 걱정할 일은 없는 구조였다.

툇마루가 딸린 오른쪽 방은 아랫목 장판이 검게 그을린 외조부모님의 방이었으니, 그렇다면 이제 왼쪽 방 하나가 남는데, 그 5평 남짓한 공간에서 대체 8남매가 어떤 구성으로 잠을 잤는지 나는 매번 궁금했다. 선을 그어두고 잤을까. 그도 아니면 서로 머리와 발을 반대로 두고 잤을까. 어떻게 자더라도 결국은 서로 뒤엉키게 될 이곳에서, 나의 어머니는 한밤중에 자매 중 누군가를 깨워 푸세식 화장실 앞을 지키고 있으라 말씀하셨을지 모른다. 그러고는 춥다, 춥다 하며 들어와 또 그 속을 파고들어 잠을 청했을 것이다. 정부의 가족계획 정책이 '딸 아들 구별 말고 둘만 낳아 잘 기르자.'에서 '둘도 많다.'로 변한 시기에 태어난 나는, 그 북적거림이 꽤나 불편했겠다 싶으면서도 상상만으로도 참 따뜻하다 느꼈다.

그 8남매가 다 커서 뿔뿔이 흩어진 후에도 명절만 되

면 이 흙집에 모여들어, 예전에 큰오빠가 푸세식 화장실에 빠졌던 아무개를 구한 적이 있었다느니, 그러느라 큰형이 온몸에 똥독이 올라 며칠 고생했었다느니 하며 웃음꽃을 피웠던 것을 보면, 나는 어쩌면 불편한 것들이 서로를 더 단단하게 만드는 것이 아닌가 생각했다.

　그 8남매 중의 일곱째, 나의 어머니는 외할머니 말씀으론 틈만 나면 친구들을 넷씩 다섯씩 데려와 깔깔대는 소리가 유난이었다 했다. 어느 날 배가 아프다기에 사이다 한 병을 사다 줬더니, 그 후론 친구들과 한참 깔깔거리다가도 방문을 열고 "아이고, 배야." 하더라 하셨다. 그런 낭랑한 18세를 지나온 어머니는 그로부터 수년 뒤 80년대에 나를 낳으시곤 더 이상 흙집에 살지 않으셨다. 그래서 집에 대한 나의 기억은 부모님이 20대에 운영하시던 구멍가게에 딸린 주택이었다가, 나중에는 아파트가 되었다.
　80년대 끝물에 내가 살던 아파트에는 집집마다 현관문 옆에 연탄구멍이 있었다. 겨울에는 어머니께서 수시로 연탄을 갈고 쇠 덮개로 덮은 후 나무 문짝을 닫아놓으셨는데, 이제 와 생각하면 연탄을 가는 아파트라니. 말하자면 흙집과 요즘 아파트의 과도기에 있었던 형태라 하겠다. 지금으로선 상상도 못 할, 약간은 불편한 생활을 우리 모두가 90년대 후반까지도 이어왔고, 그래서 그때까진 낭만이 살아 있었다고 나는 생각한다.

90년대까지 전국 모든 학교의 교실은 여름과 겨울의 책상 간격이 달랐다. 겨울이 되면 교실 중앙에 커다란 난로가 들어와야 했기 때문이다. 그 난로 덕분에 아이들은 쉬는 시간마다 바빴다. 초등학교 때는 문방구에서 사온 쫀디기를 다 같이 구워 먹느라 그랬고, 고등학교 때는 그 위에 양은 도시락 탑을 쌓느라 그랬다. 그렇다고 내가 양은 도시락을 보자기에 싸가지고 다니던 세대는 아니지만, 그 세대를 지나온 선생님들의 배려로, 아이들은 특히 추운 강원도의 겨울을 뜨거운 점심밥으로 날 수 있었다.

3교시가 끝나면 아이들이 우르르 몰려들어 쌓았던 도시락 탑 때문에 4교시 중간즈음 되면 김치볶음밥 덥혀지는 냄새가 교실 안에 가득 퍼졌다. 아이들은 물론이고 수업을 하던 선생님까지도 한번씩 군침을 꼴깍 넘겼다. 점심시간이 되면 삼삼오오 모여들어 "앗 뜨거, 앗 뜨거." 하면서 도시락 뚜껑을 열었다. 모두 같은 김치볶음밥인데도 어떤 아이들 밥에는 참기름이 둘러져 있고 어떤 아이들 것에는 달걀부침이 더해져 있어 조금씩 차이가 있었다. 나의 김치볶음밥 위에는 크림치즈가 있어 비비는 순간부터 아이들의 시선을 잡아끌었다. "오, 너 거 맛있겠다.""너네 엄마 어떻게 크림치즈 넣으실 생각을." 아이들이 달려들어 한 숟갈씩 퍼먹는 통에 도시락 절반이 날아가도 나는 그저 기분이 좋았다.

어머니의 솜씨를 뿌듯해하며 와자지껄했던 점심시간은 고등학교 졸업 한 학년을 남겨두고 그 풍경이 좀 변했다. 급식 제도가 도입됐던 것이다. 일과 도시락 싸기를 병행하시느라 살이 쪽 빠지셨던 어머니가 그 이후 얼굴에 윤기가 돌기 시작했던 것을 보면 그건 분명 좋은 제도임이 틀림없었다. 그러나 1999년에서 2000년으로 넘어가면서 급식 제도 말고도 많은 것들이 변하기 시작했다. 당시 반 아이들은 절반이 삐삐를 가지고 7942(친구사이), 1004(천사) 등으로 소통하면서, 행여나 투닥거리기라도 하고 나서 얼굴을 보고 얘기하기 민망한 것들이 있을 때는 음성사서함에 목소리를 남겨 풀기도 했다. 그러다 어느 날 반 아이 중 한 명이 이것 보라며 휴대폰을 보여줬고, 우와 하면서 신기해한 것도 잠시, 졸업 후에는 휴대폰을 쓰지 않는 사람을 찾는 게 더 힘들어졌다.

○

2000년 1월 1일, 컴퓨터 오작동으로 인류의 종말이 올 수도 있다는 세기말 괴담은 다행히 실현되지 않았지만, 그때부터 나는 낭만이 종말됐다고 느끼고 있다.

사람들은, 그리고 나는 이제 더 이상 편지를 쓰지 않는다. 편지지를 고르고, 볼펜으로 마음을 꾹꾹 눌러 담는 수고를 하는 대신 엄지손가락을 튕긴다. 이제 휴지통에는 몇 줄 적히다 말고 구겨진 편지지들이 쌓이지 않으며, 나는 내가 적는 글자의 의미를 오랜 시간 곱씹지 않는다. 그런 오래된 행위들은 불편함이 당연했던 시대의 유물이 돼버렸다.

오늘도 나는 세련된 전자기기들에 둘러싸여 인터넷을 뒤적이다 생각해본다. 그날 나는 휴대폰도 잘 터지지 않는 라오스의 그 섬에서 왜 행복했던 걸까.

봄의 멜로디

우리의 눈에는, 애써 말하지 않는 그 마음들이 확연히 보였다. 그 봄날의 풍경과 그들의 마음은, 보는 이마저 몽글대게 만드는 한 편의 시 같았다.

동남아에서 수많은 여름을 보내고 원 작가와 나는 한겨울이 된 한국에 돌아왔다. 베트남, 라오스, 캄보디아의 국경을 모두 넘고, 4,000킬로미터에 달하는 거리를 버스로 이동한 후였다.

'이 얼마 만인가.' 우리는 심하게 구겨진 셔츠를 입은 채, 세계 어느 곳에 내놔도 부끄럽지 않은 인천국제공항을 고양된 걸음걸이로 빠져나오는 중이었다. 거대한 통유리창으로 쏟아지는 햇살과 몇 달간 쌓인 스팸 문자까지, 무엇 하나 나를 반겨주지 않는 것이 없었다.

○

출입문이 열리자, 오랜만에 건조하고 찬 바람이 얼굴에 훅 끼쳐왔다. '하, 이 온도, 이 습도….' 나는 두 팔을 벌리고 코를 벌름거리며 한국의 공기를 깊이 들이마셨다. 그러고는 그 자세 그대로 땅바닥에 무릎을 꿇고 절을 했다. 그 고생길에서 살아 돌아왔다는 안도감, 내 땅을 밟은 순간의 감격에 못 이긴 행위였다.

우리는 도착하기 수일 전부터 바로 이 순간 뭘 먹을지 고민하느라 설레어 했었다. 김치찌개, 떡볶이, 비빔국수…. 수십 가지 음식들이 꼬리에 꼬리를 물고 눈앞에 떠다녔다. 집 떠난 지 5일 만에 니글거리기 시작했던 위장은 동남아의 매운 고추만 가지곤 절대 치유될 수 없었다. 쌀국수를 먹을 때도, 덮밥을 먹을 때도 우리는 매번 '아, 김치만 있다면!' 하고 깊은 탄식을 했었다. 그러니 공항에서부터 두근거리던 우리의 심장은, 동네 식당에 도착해 한국 고춧가루향을 맡고부터는 아예 가슴 밖으로 튀어나올 지경이 됐다. 우리는 배낭도 벗지 않고 메뉴판을 보며 고민에 고민을 거듭하다, 마침내 결의에 찬 목소리로 외쳤다. "닭볶음탕이요!" 식당 아주머니가 한번씩 식탁을 오갈 때마다 우리는 '오' 하고 감탄했다. 찰기가 도는 쌀밥, 빨간 김치, 고추장 양념 속에서 보글대는 닭다리. 두 달 전까지도 내가 먹던 것들이 이렇게 감동스러운 것이었던가. 수저를 휘둘러 끈끈한 밥알을 씹고, 고추장 양념을 튀겨가며 닭다리를 뜯다가, 우리는 하마터면 환희의 눈물을 흘릴 뻔했다. 그래, 나는 이러려고 그 생고생을 하고 온 것이었다. 지금 이 순간 이렇게 감격하려고.

그로부터 몇 달이 지난 지금까지도 그날의 감동은 이어지고 있다. 나는 매 끼 김치가 있는 밥상을 감사해하며 젓가락을 든다. 얼마 전, 원 작가는 내게 전화를 걸어 소리쳤다.

"밖에 나가봤어? 목련이 폈어!"

"에? 웬일로 밖엘 다 나갔대?"

"아, 나 병원 좀 다녀오느라."

"왜? 다쳤어?"

"아니, 갑자기 왼쪽 어깨가 너무 아파서 움직이지도 못하겠는거야. 나 오십견인 줄 알았잖아."

"너 50까지는 아직 한참 남지 않았어?"

원 작가는 병원에선 그게 오십견이 아니라 석회성 건염이라는 요상한 병이라더라 하며, 좀 전에 자신의 어깨 관절 사이에 생긴 돌덩이를 깨부수는 주사를 맞고 오는 길이라 했다. 나는 혹시라도 그게 몇 달간 배낭을 메고 다니느라 생긴 건 아닌가, 아니면 그보다 더 전에 하루 종일 카메라를 들고 다녔기 때문은 아닐까 하는 생각에 좀 미안한 마음이 들었다. 원 작가는 앞으로 한 번만 더 주사를 맞으면 싹 낫는다더라 하며 갑자기 크게 웃었다.

"병원까지 걸어서 한 15분 걸리거든?"

"그걸 걸어갔어? 너 걷는 거 질색하잖아."

"나 요즘 이 정도는 껌이잖아."

아무래도 동남아에서 했던 몇 달간의 극기 훈련이 우리 삶에 수많은 변화를 가져온 것 같았다. 나는 사실 그 극기 훈련 도중에 잇몸이 퉁퉁 부어 이 하나가 빠졌었다. 하필 의료 환경이 열악해 절대 다치면 안 된다는 라오스에서 그 사건이 일어나, 나는 그냥 원래 사람 이 중에 하나는 그렇게 뿌리만 남은 채 깨진 모양이다 생각하고 다녔다. 그 후 한국에 돌아와서는, 반경 100미터 안에 수많은 병원들이 포진해 있다는 것이 그저 감사했고, 인공 이하나가 생겨나는 것은 문제도 아닌 것이 감사했으며, 깨지지 않은 도로가, 벌레가 없는 나의 집이, 전부 감사한 것들 투성이였다.

창문을 열어보니 원 작가의 말대로 어느덧 목련 봉오리가 터져 있었다. 저 멀리 하얗게 물이 든 나무들이 전부 목련 나무일 것이었다. 그 옆의 아직 휑한 가지들에서 이제 곧 개나리마저 피어나려는지 노릇노릇했다. 쌀쌀한 바람에 한번씩 봄기운이 섞여 불었다. 나는 왜 그간 창문을 닫고만 있었는지 절레절레하며, 나에게 가장 화려했던 봄의 기억을 떠올렸다.

10년 전, 나와 원 작가는 경상북도 영주의 한 시골 마을 도로 위에 서 있었다. 차도 얼마 다니지 않는 그 마을에는 서울살이를 하다 고향에 내려온 50대 후반의 남자가 살았다. 그 남자의 아내는 엇비슷한 나이로, 아직 서울에서 일을 하며 일주일에 한 번씩 남편을 보러 왔다. 그날은 그 남자가 몇 시간 후 도착할 아내를 맞이하기 위해 이발소에 가는 날이었다. 그렇기에 나는 남자와 멀리 떨어진 도로 위에서, 이발소를 향해 가는 1톤 트럭을 찍으려고 기다리고 있는 중이었다. 벚꽃 나무가 죽 늘어선 도로 위로 한번씩 풀내음 섞인 바람이 불어 살랑살랑 벚꽃잎이 떨어져 내렸다.

도로 바로 아래에는 개천이 있어 졸졸거리는 물소리가 가득했는데, 순간 그 완벽한 봄의 모습에 나는 잠시 아득해졌다. 옆에서 함께 망을 보던 원 작가가 "아버님 차 온다."라고 외치지 않았으면 그때껏 애써 기다리고 서 있다가 그 장면을 놓쳤을 것이다.

남자의 1톤 트럭은 길 위에 떨어진 벚꽃잎을 흩날리며 지나갔다. 남자는 읍내에 몇 개 없는 이발소 중에 그의 아버지 때부터 다녀가던 옛날 이발소에 가서 머리를 다듬고 면도를 했다. 그는 깔끔해진 얼굴을 거울에 이리저리 비춰보며 "오늘 집사람이 오는 날이라." 하고 이발소 주인에게 말했다. 그는 집에 와서도 마당을 왔다 갔다 하며 한참을 별일 아닌 일로 분주했다. 그러면서 한번씩 담벼락 밖을 쳐다보는 통에 내가 다 설렐 지경이었다.

그의 아내, 그 세련된 여자는 파마머리를 뒤로 묶고 스카프에 정장 차림을 한 채 트렁크를 끌고 마을에 도착했다. 마을 어귀에서부터 달달거리는 바퀴 소리에 그들이 키우는 개 세 마리가 왕왕 짖었다.

여자는 카메라를 들고 서 있는 우리를 보고 잠깐 멈칫하더니 이내 주름을 지어가며 활짝 웃었다. 그 후에는 정장에 털이 묻는 것은 신경도 쓰지 않고 개들부터 끌어안았다. 그러느라 남자가 이발한 것을 알아보지 못했어도 그는 서운해하지 않았다. 겉으론 반갑다고 크게 표현하진 않아도, 그는 여자가 옷을 몇 번 털고, 방으로 들어가 몸뻬 바지로 갈아입고 나올 때까지 줄곧 힐끔거렸다. 여자는 일주일에 5일은 서울에서 사무직으로 일을 하면서도, 피곤하지도 않은지 영주에 내려오자마자 남자와 밭으로 달려갔다. 그 밭에는 그들이 열심히 일궈놓은 황기가 보물처럼 숨어 있었다.

그들은 아기 다루듯 조심히 황기를 캐냈고, 너무 오래지는 않게 일을 끝마쳤다. 그제서야 남자는 들꽃을 꺾어 무심한 듯 여자에게 내밀며 반갑다는 말을 대신했다. 물론 여자가 그 마음을 모를 리 없었겠지만, 카메라를 들고 그날 하루를 모두 담던 우리의 눈에는, 애써 말하지 않는 그 마음들이 더 확연히 보였다. 그 봄날의 풍경과 그들의 마음은, 보는 이마저 몽글대게 만드는 한 편의 시 같았다. 우리는 그날 처음으로 내레이션의 절반을 현장에서 해결했다. 원 작가는 더 이상 참지 못하고 그날 틈틈이 시인이 되어 끄적였다. 그리고 나는, 모든 것이 완벽하게 흐르는 봄의 풍경을 카메라에 담아내곤 촬영이 끝날 때까지, 또 편집을 하는 내내 가만히 웃었다. 이렇게 저렇게 틀어지기 마련인 촬영 현장, 시간에 쫓겨 진땀을 흘리는 편집시간을 그런 웃음을 띠고 마무리하는 일은 드물었다. 그것은 여의도를 이리 뛰고 저리 뛰어다니며 밤을 샜던 어느 어린 날, 내가 꿈꾸던 이상향이었다.

○

어느 봄바람에 떠올린 그 기억을, 나는 벚꽃이 지고 나서도 한번 더 떠올릴 수 있었으면 좋겠다. 그래서 어느 황량한 겨울이 다시 찾아오더라도, 그 봄날처럼 모든 순간을 완벽히 아름답게 바라볼 수 있기를 바라본다.

원 작가의 말

{ 1부 }

여긴 어디,
나는 누구

벌써 10년, 아니 15년

물론 오랜 시간이 걸렸지만. 어쨌든, 그러면서 깨달은 것은 이 고난의 상황을 해결해줄 구원 용사는 어디에도 존재하지 않고, 죽이 되든 밥이 되든 우리가 해내야 한다는 사실이었다.

2010년 9월의 어느 날 이 피디를 처음 만났다. 당시 나는 프로그램 개편을 앞두고 정신이 없었다. 새 코너에 출연하기를 희망한 100여 명의 신청자 정보를 한 뭉텅이 들고, 나는 사무실 안에서 바람을 휘날리며 다니는 중이었다.

"꽃미남 피디가 왔어."

팀장님이 사무실 문을 열고 들어오며 말했다. 그 뒤를 따라 파란 점퍼를 입은 자가 들어오더니 사무실 안에 있는 모든 사람에게 연신 고개를 숙이며 인사를 했다.

○

솔직히 말하면 너무 앳돼 보여 "뭐야 저 자는. 조연출인
가?" 했다. 당시 이 피디는 나와 같은 20대 중반의 나이라
했지만, 내 눈에는 스무 살이 갓 넘은 우리 팀 조연출에
게조차 존댓말을 해야 할 것처럼 보였다. 나중에 들어보
니 자기도 어려 보이는 걸 알아서, 제 딴에는 어른인 척
꽤나 무게를 잡으며 사회생활을 한다고 했다.

하필이면 개편 바람이 불 때여서, 기존에 있던 나는 물
론이고 새로 합류하게 된 이 피디도 정신이 없었다. 그때
새롭게 만들어진 코너 중의 하나가 '주부 모델 선발 대
회'였다. 모델이 되기를 희망하는 전국 100여 명의 주부
들 중 최종 3인을 선택해 꿈을 이뤄주는 일이었는데, 이
게 말처럼 쉽지 않았다.

일단 전문가들과 함께 서류 심사를 통해 100명 중 열
명의 주부 모델을 1차 선발하고, 그 열 명을 다시 KBS 스
튜디오에 불러 워킹, 포즈 등 모델로서의 자질을 점검하

는 2차 선발 과정을 거쳐야 했다. 세 명의 모델을 최종적으로 선택한 것은 전문가들의 손가락이었지만, 그렇게 되기까지 전반적인 것들을 준비하느라 나는 거의 미쳐가고 있었다.

언젠가 이 피디가 큰 충격이었다며 내게 전했던 말이 있었는데, 그 당시 정신없는 사무실에 전화벨이 울리자, 내가 전화기 쪽으로 뛰어가며 수화기도 들지 않은 상태에서 "여보세요."부터 하더란다. 나는 그마저도 기억을 못 하니 정신이 집을 나가도 한참 나가 있었던 것이 확실하다. 그런 상황 속에서 내가 이 피디에게 반할 수밖에 없었던 일화가 생겼다.

그날은 열 명의 주부와 네 명의 심사위원들이 KBS 스튜디오에 전부 모이는 날이었다. 보통 그런 날 출연자들에게 연락을 취하는 것은 작가다. 사전에 섭외 단계에서부터 오랫동안 친분을 쌓기 때문이다.

먼저 도착한 두어 명의 출연자들을 대기실로 안내해 진행 상황을 설명하느라, 그때도 이미 나는 혼이 반쯤 나가 있었다. 나머지 여덟 명의 출연자는 언제쯤 도착하려나 머릿속이 복잡하던 그때, 구세주 이 피디에게 전화가 왔다. 자신이 지금 주차장에서 대기하고 있으니, 남은 출연자들의 연락처를 모두 넘겨달라는 전화였다. 그러면 자기가 그들을 대기실까지 안내한 후, 그 자리에서 곧바로 인터뷰를 하겠다고 했다. 기다리기가 지치고 시간이 남아돌아 그런 생각을 했다는데, 나는 그때 이 피디가 전투력 만렙의 지원군처럼 느껴졌다. 그런 감동의 시간을 거쳐 어찌어찌 주부모델 선발 과정이 끝이 났고, 최종 출연자 3인이 선택됐다. 원래 모든 일이 다 그렇지만 끝은 새로운 시작이다. 이젠 그 주부모델 3인의 일상을 VCR로 담아내야 하는 일이 기다리고 있었다.

주부들의 거주지는 매우 극과 극으로 떨어져 있었고, 아무래도 주부이다 보니 그녀들의 일상은 전부 이른 새벽부터 시작됐다. 주부 세 명의 알찬 하루를 전부 촬영하는 것이 이 피디의 몫이었다. 첫날은 경상남도 사천에서, 다음 날은 충청북도 청주에서, 그다음 날은 서울에서, 새벽마다 다른 집 초인종을 눌러야 하는 것이 걱정돼 전화해보면, 매번 "나 여기 한 시간 전에 도착했는데." 하면서 웃었다. 그런 성실함에 한 번, 출연자들을 바라보는 따뜻한 시선에 또 한 번 반해, 'TVN 유퀴즈 온더 블록'에서 인터뷰한 것처럼 그렇게 나는 이 피디의 1호 팬이 되었다.

보통 교양프로그램을 하는 작가들은 현장에 많이 나가지 않는다. 섭외는 전화로 다하고 미팅이 필요할 경우 현장에 잠시 다녀올 뿐, 본 촬영이 있을 때는 피디만 나가는 것이 관례이다. 그런데 나의 경우는 좀 달랐다. 내게는 작가 대신 출연자들에게 연락하기를 자처했던 피디에게 진 작은 빚이 있었던 것이다. 그러니 이 피디가 내가 필요하다고 말하는 순간에는 기꺼이 현장으로 뛰어나갔다. 어쩌다 일이 틀어져 새로운 구성이 필요한 순간이 있을 때, 나는 이 피디와 함께 현장에서 회의하며 구성을 바꾸고 새로 찍어야 할 것들을 추가해 집어넣었다. 그런 순간이 좀 많았다는 게 함정이었지만.

일주일마다 한 번씩 나가는 방송물을 그런 식으로 만드느라 둘 다 하루도 못 쉴 때가 많았다. 그러나 둘 다 일 욕심이 잔뜩 있었기에, 서로를 보면서 자극을 받아 더 열심히 하고, 그러느라 힘들어하면서도 신나했다. 우리는 미숙했음에도 욕심을 채우느라 죽도록 힘들게 일했고, 그래서 당시를 떠올리면 후회가 없다.

이 피디와 15년이라는 긴 시간을 함께할 수 있었던 건 어쩌면 첫 다툼 때문이었을지도 모르겠다. 원래 다투고 나면 더 친해진다고들 하지 않는가. 그날은 거의 한 달 동안 공들였던 아이템으로 촬영을 나간 날이었다. 남편이 배를 타고 나가 싱싱한 해산물을 가져오면 아내가 정성껏 요리해 파는 부부 식당 촬영이었다. 이걸 하기까지 왜 한 달이 걸렸느냐. 날씨 때문이었다. 희한하게 이곳에 촬영을 갔을 때마다 비가 오고, 바람이 불었다. 삼고초려도 모자라 한 달간 매주 그 부부를 엄한 날씨에 찾아뵈었다가, 드디어, 해가 쨍한 그날 남편의 바다 조업 장면을 찍을 수 있었다. 염원하던 해산물 채취 과정을 신나게 찍고, 우리는 식당으로 돌아와 이번엔 이것으로 요리하는 아내를 촬영하기 시작했다. 그런데, 아내가 카메라에 빨간불만 들어오면 딱딱하게 굳어서 아무 말도 하지 못하는 것이 아닌가.

"지금 육수에 넣으신 게 뭔가요?"

"……."

이 피디의 물음에 아내 분은 얼어붙은 표정이 되었다.

"사장님, 긴장 안 하셔도 돼요. 방금 넣으신 게 뭘까요?"

누가 봐도 그것은 바지락이었다. 아내 분은 긴장이 되셨는지 그 흔한 재료를 오랫동안 말씀하지 못했다. 그래서 내가 카메라 뒤에서 힌트 아닌 힌트를 드렸다.

"바지락 아니에요?"

"네, 맞아요."

"그럼, 바지락이에요~라고 말씀해주시면 될 것 같은데요?"

"네, 바…바…바…."

분명 사전에 우리랑 마주 앉아서 얘기를 나눌 때는 참말씀을 잘하셨는데. 이 피디는 부담을 덜어드릴 요량으로 카메라를 내리고 물었다.

"사장님, 육수에 넣은 게 뭐죠?"

"바지락."

"네, 좋아요"

그러나 카메라만 들면 아내는 다시 말을 더듬었다.

"바…바…지…."

육수에 넣은 재료만 여쭸는데 한 시간이 넘도록 대답을 못 들었다. 결국 옆에서 지켜보던 남편이 아내에게 화를 벌컥 냈다.

"뭐 그게 어려운 말이라고 그렇게 버벅거려."

분위기가 잔뜩 얼어붙어 우리는 그날 촬영을 접기로 했다. 하지만 다음 날 오전 일찍부터도 같은 상황이 반복됐고, 결국 식당이 바빠지기 시작한 점심 무렵에 우리는 식당 앞 바닷가에 나가 앉아 먼 바다를 쳐다봤다. 아내 분의 고전에 우리는 촬영에 하루의 시간을 더 쓰게 됐지만 여전히 현재진행형이었고, 이는 편집할 시간이 하루…하고도 10분, 한 시간씩 계속해서 줄어들고 있다는 말과 같았다. 원고를 쓸 시간도 마찬가지. 이 피디가 답답한 마음에 지금이라도 대안을 찾아야 하지 않겠냐고 물었고, 나는 지금 대안을 찾아서 언제 섭외하고 언제 촬영하냐고 맞받아쳤다. 당시 그 코너의 주인공은 반드시 여자여야만 했고, 아내 분이 한마디도 못 하는 상황에서는 답이 나오지 않았다. 답답한 상황에 대화가 날이 서기 시작했고, 그러다 서로 상처가 될 말들을 하게 됐으며, 그런 상황이 길어지자 결국 나는 그 자리에 앉아서 펑펑 울고 말았다. 한참을 울고 나서 정신을 차리고 고개를 들었더니, 이 피디가 침묵 속에 있다 급하게 고개를 돌렸다. 그러면서 바닷바람이 왜 이리 부냐며 눈이 시리다 했다. 나는 '바람은 뭔 바람, 하나도 안 부는구먼. 같이 운 거 아니야?' 하다가, 대체 둘 다 식당 앞에 앉아서 이게 뭐 하는 짓인가 싶어 어이가 없어 웃음을 터뜨렸다.

○

그게 이 피디와 함께 코너를 맡은 뒤 크게 다툰 첫 싸움이었고, 서로 금방 무안해지고 미안해지기 시작해서 그 마음으로 촬영의 고비를 넘겼다. 물론 촬영에 오랜 시간이 걸렸지만. 어쨌든, 그러면서 깨달은 것은 이 고난의 상황을 해결해줄 구원 용사는 어디에도 존재하지 않고, 죽이 되든 밥이 되든 우리가 해내야 한다는 사실이었다. 그날 우리는 잘 싸웠고(주먹다짐까지는 안 했으니?) 잘 화해하며 함께 대안을 찾았고, 그 싸움을 계기로 한층 더 단단해졌다. 그리고 그때의 큰 깨달음으로 여전히 함께 일하고 있다.

공포의
데뷔무대

한 발 멀리 떨어져 바다 위에서 지켜보니 무인도의 웅장한 절벽과 거길 위태롭게 오르는 이 피디의 모습, 그 자체가 멋진 그림 같았다. 거스를 수 없는 자연의 힘에 악착같이 도전하는 인간의 모습 같았달까….

약초꾼을 찍었던 10년 전 그날도 거의 잠을 자지 못한 상태에서 출발했다. 사람의 발길이 닿지 않은 날것의 바위산을 이 피디 혼자 오르게 했던 것은 다 내가 저질 체력이기 때문이다. 처음에는 나도 출연자를 따라 절벽을 올라가보겠다 했었다. 멀쩡하게 땅으로 돌아갈 수 있을지 의심이 드는 바위산을 네발로 기어가며 떠는 내게, 앞서가던 이 피디가 말했다.

"그냥 여기서 기다려."

○

나는 '여기서 잠깐 쉬고 있어.''여기에서 기다려.'라는 말은 그때도 지금도 참 잘 듣는다. 그 말이 떨어지기가 무섭게 나는 철퍼덕 그 자리에 주저앉았다. 사방이 경사진 그곳에 다행히 엉덩이 한 쪽(두 쪽도 아니고 딱 한 쪽)을 붙일 만한 공간이 있었던 것이다. 전날 못 이룬 잠이 몰려와 눈앞이 흐려진다 했을 때, 저 멀리서 이 피디의 호통이 들려왔다.

"정신 차려! 배에 내려가 있어!"

분명히 방금 전까지도 출연자를 향해 기어가는 이 피디를 보고 있었는데, 세상에, 어느새 나는 그 아찔한 절벽 끝에서 졸고 있었던 것이다.

이 와중에도 잠이 오다니, 나 새끼 진짜 대단하다. 이 피디의 야단에 정신을 번쩍 차린 나는 슬금슬금 절벽을 내려와, 근처에서 대기 중이었던 배로 먼저 돌아왔다. 그러느라 잠이 깨어 두 눈을 부릅뜨고 눈앞의 광경을 바라보게 됐다.

가파른 절벽을 성큼성큼 올라가는 약초꾼도 대단했지만, 2킬로그램짜리 카메라를 한 손에 들고 그 뒤를 따라 기어가는 이 피디가 퍽 대견하면서도 위태롭게 느껴졌다. 한 발 멀리 떨어져 바다 위에서 지켜보니 무인도의 웅장한 절벽과 거길 아슬아슬하게 오르는 저들의 모습, 그 자체가 멋진 그림 같았다. 거스를 수 없는 자연의 힘에 악착같이 도전하는 인간의 모습 같았달까…. 순간 시청자들도 이 광경을 본다면 나와 똑같은 감정이 느껴지지 않을까, 라는 생각이 들었다. 그래서 나는 카메라를 들었다. 나중에 촬영의 치읓 자도 모르는 작가가 엉성하게 찍은 이 화면을 보고, 이 피디는 원 감독님이라 부르겠다고 너스레를 떨었다.

스릴 넘치는 무인도 촬영 다음 날의 말벌 사건도 마찬가지였다. 그때 이 피디는 계속해서 위험을 이야기하는 약초꾼 선생님을 따라 보호장비를 착용한 후, 나에게 "여기서 기다리는 게 어때?"라고 말했다. 그래서 난 또 그 말을 착실히 잘 들었다. 담장 밖 풀숲에서 마을 분들과 기다리고 있는데, 느닷없이 이 피디의 비명이 들려왔다.

"어? 어? 피디 쏘였는데? 여기 피디 쏘였어."

약초꾼 선생님의 다급한 목소리가 이어졌다. 그 순간 나는 온몸의 피가 전부 밖으로 빠져나가는 기분이었다. 담장 안의 집에 들어가기 전부터도 약초꾼 선생님은, 이건 그냥 말벌도 아니고 황말벌이라 잘못 쏘이면 큰일 난다고 경고했었다. 담이 높아 안이 잘 보이지도 않고, 그렇다고 들어가 볼 수도 없고. 안에서 신음하는 소리는 계속 들리는데 어찌할 바를 몰라 발만 동동 굴렀다. 잠시 후 그 안에서 이 피디의 목소리가 들렸다.

"입술 쪽에 쏘인 것 같아요."

'아… 다행히 쏘이자마자 쓰러진 것은 아니구나, 말은 할 수 있는 상태구나.' 하고 한시름 놓은 나는, 무슨 정신이었는지는 모르겠지만 나도 모르게 카메라를 올려 들며 "이 피디 쏘인 것 좀 찍어주세요." 하고 목소리를 높였다. 아마 일단 이 피디가 살았다고(?) 생각하며 이 생생한 현장을 담아야겠다는 작가 정신(?)이 차올랐던 것 같다. 그후 마을 어르신들의 손에 이끌려 나온 이 피디에겐, 그 정신없는 얼굴에다 대고 괜찮냐며 인터뷰를 했고, 황말벌에게 쏘인 부위를 줌인, 줌아웃을 해가며 지나치게 열심히 카메라에 담았다. 이 귀한(?) 장면을 일단 찍고 보자하는 마음이었다. 그러나 이런 미숙한 촬영이 나중에 이 피디에게 간택돼 편집에 쓰일 거라는 생각은 하지 못했다. 그리고 시사(방송 나가기 전에 부장, 팀장, 피디, 작가 모두 모여 편집본을 점검하는 것)날 한참 영상을 보시던 부장님의 한마디.

"피디, 작가가 촬영하면서 너무 고생했겠는데? 재밌다. 더 넣었으면 좋겠는데?"라는 말씀을 하게 되실 줄도, 그래서 내가 찍은 모든 컷이 다 쓰이게 될 줄도 몰랐다. 이후 부장님은 이 피디가 계속 출연했으면 좋겠다는 말씀을 했고, 그게 이 피디가 얼떨결에 한 방송 데뷔이자 나의 촬영 데뷔이기도 하다.

○

그때는 몰랐다. '생생정보통'이라는 프로그램이 '생생정보'라는 이름으로 바뀌는 세월 동안 이렇게 많은 응원과 사랑을 받을 줄… 그리고 그 넘치는 응원의 힘으로 이 피디가 10년을 피디 겸 리포터로 그리고 내 영상의 주인공으로 살아갈 줄은 말이다.

뻘밭에서 땀이 뻘뻘, 갯벌의 추억

이 피디 얼굴만 한 낙지가 손에서 꿈틀대는 게 보였다. 그제야 안심이 됐다. 그래도 화면에 이 피디가 한 컷은 나오겠구나. 망하지 않았다.

　　바닷가 어르신들에게 갯벌은 천연 냉장고다. 봄에는 달큰한 바지락이, 가을에는 힘 좋은 낙지가, 겨울에는 탱글탱글한 굴이 지천으로 깔리는 곳이다. 우리도 들어가기 전까지 갯벌이 사시사철 풍요로운 곳간이라는 낭만적인 생각을 하고 있었다. 그러나 8년 전, 전라남도 신안군에서 첫 갯벌 촬영을 마치고 난 후부터 우리에게 갯벌이란 공포의 흡입력을 가진 살아 있는 그 무엇이 되었다.

○

　그날은 신안에서 쓰러진 소도 벌떡 일으킨다는 가을 보약, 낙지를 찾아 나선 길이었다. 낙지를 잡는 방식은 지역마다 또는 갯벌의 특성에 따라 천차만별인데, 우리가 찾아간 신안의 압해도에서는 낙지를 삽으로 잡았다. 겉보기에는 간단한 방식이었다. 갯벌을 돌아다니며 낙지의 숨구멍을 찾고, 그 주변을 삽으로 판 후 펄 속에 숨어 있는 낙지를 떠내는 것이었다. 마치 바닐라 아이스크림에 콕콕 박혀 있는 호두를 숟가락으로 뜨듯. 우리는 마을에서 낙지 고수라 불리는 분을 소개받고 인사를 드렸다. 그분은 대충 인사를 받으시고는 이렇게 말씀하셨다.

　"그러고 왔당가?"

　우리가 어쩌고 왔지? 평소처럼 이 피디는 모자에 청바지, 운동화 차림이었고 나랑 조연출 역시 마찬가지였다. 그때까지 어떤 촬영에서도 이 차림새를 벗어난 적은 없었다. 이 피디는 당장 뭔가 사올 기세로 낙지 고수에게 여쭤봤다.

　"준비할 게 따로 있을까요?"

"아니, 뭐… 뻘에 물 차겠네, 출발하지."

갯벌은 하루 두 번 바닷물이 밀려와 차오르고 다시 두 번 물이 빠지면서 드러난다. 그 간격은 여섯 시간이다. 바닷물이 빠진 그 여섯 시간 동안 걸어 다니면서 작업을 해야 하니 당장 서둘러야 했다. 쿨하게 출발하시는 어르신 바로 뒤에는 이 피디가, 또 그 뒤를 나와 조연출이 따라나섰다. 첫발을 내딛는 순간, 푹, 갯벌이 내 왼발을 집어삼켰다. 저 앞의 낙지 고수는 아주 유유자적한 모습이었다. 아니, 나는 왜 빠지지? 발을 잘못 디뎠나? 나는 왼발을 빼내려고 안간힘을 쓰며 양팔로 밭에 무를 뽑듯이 그것을 잡아 뺐다. 그렇게 간신히 왼발을 빼내고 나니 이번에는 오른발이 더 깊게 박혀버렸다. 단 두 걸음을 걷고 나는 온몸에 힘이 쏙 빠져버렸다. 앞서 걷던 고수 어르신이 그 모습을 보고 다가와, 말뚝처럼 박힌 나의 오른발을 시원하게 빼주시며 말씀하셨다.

"잰 걸음으로 빨리빨리 걸으랑께, 그게 요령이여, 가만히 서 있으면 점점 더 빨려들어."

'아, 네 분명 저는 서 있지 않고 걸었습니다만 더욱 날래게 걸어보겠습니다.' 했으나 고수 어르신이 제자리를 찾아가는 순간 나도 다시 제자리걸음을 하기 시작했다. 아니, 사실 걸음을 떼지조차 못했다. 우리 엄마가 나는 돌도 안 돼서 빨리 걸음마를 시작했다는데 왜 지금 나는 한 살 때보다 못하게 걷고 있는가. 갯벌이 시작되는 출발선에서 버둥거리다 고개를 들어보니 조연출도 나와 별반 다르지 않은 상황이었다. 지금 고수 어르신의 뒤를 자석처럼 따라붙는 건 이 피디밖에 없었다.

이 피디는 낙지 고수의 뒤를 바짝 따라 걷다가 갑자기 우리 쪽으로 고개를 돌리고 뜨악한 표정으로 외쳤다.

"와. 나는 뒤에 카메라 있는 줄 알고 계속 중얼거렸네."

"너는 어떻게 그렇게 잘 걸어 다녀? 발 안 빠져?"

"나도 빠져, 그냥 이 악물고 빼면서 가는 거야."

아…. 그렇다면 지금 이건 의지의 차이인가? 내가 의지박약인 건가? 아닌데? 나 첫 갯벌 촬영이라 열의에 불타는데? 이 피디는 한숨을 한번 쉬고는 나에게 다가왔다.

"들고 있는 카메라 나한테 주고 천천히 와."

이거 데자뷔인가? 지난주에 등산하면서도 들었던 말 같은데. 내 카메라를 받아서 터벌터벌 낙지 고수에게 돌아가는 이 피디의 어깨가 그날따라 참 무거워 보였다. 카메라를 넘기고 양손이 자유로워진 나는 본격적으로 걷…지 못하고 기어다니기 시작했다. 그리고 나보다 한 걸음 앞에서 갯벌 지옥에 빠져 있던 조연출의 발을 뽑으며 말했다.

"너나 나나 둘 중의 하나는 어떻게든 저쪽(이 피디와 고수)에 붙어야 해, 잘못했단 '이PD가 간다' 코너에 이 피디가 하나도 못 나오게 생겼어"

나는 기어다니니까 이제는 좀 낫다고 생각했었는데 조연출 다리를 뽑느라 다시 갯벌에 깊이 박혀 상황이 도루묵이 되어버렸다. 이렇게 된 김에 조연출이나 살리자 하며 그 아이의 두 다리를 해방시키고 나서, 힘이 빠진 나는 슬픈 눈으로 외쳤다.

"나는 버리고 가, 틀린 것 같아."

조연출이 살짝 울컥해서 말했다.

"어떻게 그래요."

"네가 나보다 어리고, 체력도 좋으니까 제발 가서 이 피디 좀 찍어줘."

"자…잠시만. 노력할게요."

나와 조연출은 이렇게 비극적인 드라마를 찍으며 한 시간 동안이나 그 자리에 박혀 있었다. 그 자리에 가만히 있으면서 100미터 달리기를 한 것처럼 숨이 차고 땀이 뻘뻘 흐르는 것도 참 신기한 일이었다.

　그렇게 한참을 버둥거리다 보니 어째 발바닥이 시원했다. 아니 시원하다 못해 시리기까지 했다. 어, 내 신발 어디 갔지? 새로 산 운동화를 갯벌이 탐내서 집어삼킨 모양이었다. 다행이다. 양말은 남아 있어서. 그제야 '그러고 왔냐'는 고수 어르신의 말씀이 이해됐다. 이제 보니 그 말씀은 빤딱빤딱한 운동화를 갯벌에 내줘도 되겠냐는 말이었다. 앞으로 갯벌 촬영을 할 때는 바꿔 신을 장화를 반드시 준비해야 한다는 비싼 깨달음을 이렇게 얻었다. 내 앞에 있는 조연출도 그 깨달음을 함께 얻은 듯했다. 어떻게든 가보겠다고 휘청이다 널브러져 있는 조연출의 발에도 이미 신발이 사라진 지 오래였다. 하지만 갯벌에 장화가 필수라는 깨달음보다 강하게 머리를 치고 들어오는 생각이 있었다. 망했다. 이번 주에는 진짜 이 피디 없는 '이PD가 간다'가 되겠다.

갯벌에 발목을 잡히고 절망의 눈으로 보니 저 멀리 이 피디가 고독한 싸움을 하고 있었다. 분명 몸통의 절반은 빠져 있는 것 같아 보이는데 신기하게 계속 고수 옆자리였다. "이 악물고 빼면서 가는 거야."라던 이 피디의 말이 메아리처럼 되새겨졌다. 갯벌에서 정신 못 차리는 나와 조연출 때문에 악물은 이가 곧 깨지겠구나. 분명히 똑같이 밤을 새고 여섯 시간을 달려와 갯벌에 뛰어들었는데 어떻게 저 자는 지친 기색이 없지. 나는 이렇게 서서 바라만 봐도 지치는데. 독한 사람. 얼마나 시간이 지났을까. 멀리서 이 피디가 잠시 고수에게 카메라를 맡기고 이쪽으로 되돌아오는 것이 보였다. 그러고는 나를 쳐다보다 안 되겠다 싶었는지, 널브러져 있는 조연출을 일으켜 세우며 말했다.

"낙지 한 바구니 잡았다. 이제 선생님이 나한테 해보라고 하니까 좀만 힘을 내서 가보자."

이 피디는 조연출의 카메라를 받아 들고 앞서가다 나중에는 아예 조연출을 부축해갔다. 역시 독한 사람. 사람들이 독한 사람이랑은 친구하지 말라고 했는데. 이 피디는 친구보다는 전우에 가까우니 괜찮은 걸까?

마침내 이 피디는 갯벌 한가운데서 삽질을 하기 시작했다. 멀리서 봐도 고수와는 삽질 방식이 좀 달랐다. 그 삽질은 내일이 없는 사람의 삽질 같았다. 저렇게 파다가는 갯벌에 걷잡을 수 없는 구멍이 나서 지구의 중심부가 튀어나올 것 같았다. 이곳저곳 몇 번의 삽질 끝에 이 피디의 포효가 들려왔다. 잡았구나. 그러나 저 소리가 기쁠 때의 함성이라기보다는 악에 받친 울분에 가깝다고 느낀 건 나뿐인가. 이 피디 얼굴만 한 낙지가 손에서 꿈틀대는 게 보였다. 그리고 그 모습을 찍고 있는 조연출의 모습도. 그제야 안심이 됐다. 그래도 화면에 이 피디가 한 컷은 나오겠구나. 망하지 않았다.

○

그날 이 피디는 낙지를 캐내 뿌듯해하며 갯벌에서 나왔지만, 나중에 보니 이 피디도 신발을 갯벌에 내주고 낙지와 교환한 것이었다. 신안의 갯벌은 그날 3인분의 신발을 먹어버렸다. 그리고 나는 단단히 오해했다. 앞으로 장화에 어부복까지 준비해서 다니면 괜찮겠지 하고. 하지만 후에 다른 갯벌 촬영이 있을 때, 복장은 물론 정신까지 단단히 준비하고 갯벌로 들어가도 그때와 별 차이가 없었다. 그래서 갯벌 방송분을 보면 후반부에 뭘 캐낼 때 말고는 대부분 이 피디가 화면에 나오지 않는다. 이 피디를 찍어야 하는 나와 조연출이 갯벌 어딘가에 뻗어 있기 때문이다.

산 넘어 산

그 뒤로는 부득이한 경우가 아니면 내가 먼저 나서서 산 촬영을 잡지는 않았다. 어딜 가더라도 나 두고 먼저 가라는 말은 더더욱 삼가게 되었고. 그래도 또 모르겠다. 끝내주는 풍경이 기다리는 곳이라면, 그곳이 하필 산이라면, 다시 오르자고 말할지도.

국토 면적의 약 70퍼센트가 산인 우리나라에서 여행지를 소개하는 코너를 만들다 보니 피하고 싶어도 피할 수 없는 장소가 산이다.

산 촬영에서 가장 골머리 썩는 부분은 내가 잘 따라가지 못한다는 것이다. 원래도 체력이 좋지 않은 나는 오르막을 연신 올라야 하는 산에서 더더욱 문제가 많다. 내가 따라가지 못하면 조연출이 이 피디나 그가 만난 사람들

을 카메라에 담아야 하는데 20대의 어리고 팔팔한 조연
출들도 이 악물고 올라가는 이 피디의 속도를 따라가지
못하는 경우가 많았다.

○

산 촬영은 시간 제약이 많다. 우리는 각종 장비를 짊어
지고 촬영하면서 산을 오르기 때문에 일반 등산객보다
시간이 훨씬 더 걸릴 수밖에 없다(나의 체력 때문에도). 산에
서는 해가 지면 길을 잃을 수도 있고 다칠 위험도 있기에
서둘러야 하다 보니, 늘 나는 "먼저 올라가서 찍고 있어."
라며 이 피디와 조연출을 앞서 보내고 혼자 오르는 경우
가 많다.

어느 연말에 경상북도 구미시의 금오산을 찾았을 때
가 생각난다. 해발 976미터 정상 근처에 자리한 약사암을
오르기 위해서 우리는 오전 8시 산행을 시작했다. 그곳
은 한 해가 저무는 연말, 새해 소원 명소를 소개하기 위
해 찾아간 곳이었다. 당시 한창 코로나가 기승이었고 금
오산 약사암은 중생의 질병을 고쳐준다는 부처, 약사여

래불이 자리한 곳이라, 코로나의 종식을 빌기 위해 찾기에 팬찮은 곳이었다. 더군다나 산 기운이 좋아 소원이 이루어진다는 소문이 난 곳이었는데, 딱 하나 문제가 있다면 경사가 엄청났다는 사실이다. 거기에는 오르기가 너무 힘들어 '할딱고개'라는 이름이 붙여진 급경사가 있었다. 그곳에 발을 들이는 순간부터 말 그대로 숨이 목 끝까지 차올라 할딱대느라 좀처럼 속도가 나지 않았다. 게다가 중간중간 등산객 인터뷰에 풍경 촬영까지 하며 가다 보니 산 중턱에 닿았을 때가 벌써 오후 2시였다. 큰일이었다. 어서 산 정상에 올라 거기 있는 절도 찍어야 하고 드론 촬영도 해야 하는데…. 게다가 약사암 스님께 인터뷰를 부탁드려서 기다리고 계실 텐데…. 이 속도로 가면 겨울의 해가 짧아 일몰 후에나 도착하게 될 것 같았다. 마음이 급해진 이 피디는 안 그래도 걸음이 느린 내 짐을 몽땅 뺏어가며 말했다.

"무리하지 말고 천천히 올라와. 먼저 가서 드론 촬영이라도 하고 있을게."

오늘도 민폐, 이런 민폐가 없다. 그리하여 나와 이 피디, 조연출의 각개전투, 아니 개별 산행이 시작되었다. 저 멀리 앞서가던 이 피디와 조연출의 모습은 어느새 보이지 않았고 간혹 보이던 등산객들도 자취를 감췄다. 그런데 내가 오르는 이 산…, 길이 심상치가 않았다. 아무리 이곳의 산세가 험하다지만, 내 키보다 높은 바위가 계속 이어져서 기어 올라가는 것조차 쉽지 않았다.

'사람들은 도대체 여기를 어떻게 다니는 거야?'라는 생각을 하며, 나는 바위 사이에 발 디딜 만한 곳을 찾아 꾸역꾸역 몸뚱이를 움직였다. 그렇게 몇 차례 죽을 둥 살 둥 커다란 바위들을 넘어섰는데, 아뿔싸, 길이 막힌 것이 아닌가. 당황해 뒤를 돌아보니 천 길 낭떠러지였다. 비로소 나는 알았다. 길을 잘못 들었다는 걸. 그러고 보니 어느 순간부터 등산객들이 길 안내를 하기 위해 달아 놓은 작은 리본조차도 눈에 띄지 않았었다. 어찌어찌 여기까지 왔지만, 막힌 길을 되돌아가려 해도 내 키를 훌쩍 넘는 바위 아래로는 뛰어내릴 자신이 없었다.

이러지도 저러지도 못하는 상황에 당황하며 바위 사이에서 버둥거린 게 30분이었다. '이러다 해까지 지면 정말 큰일 나겠구나.' 이미 올라간 이 피디나 조연출에게 전화해봤자 촬영에 방해만 될 뿐, 그들도 어찌할 방법이 없을 것 같았다. 더군다나 핸드폰 배터리가 거의 방전 상태였다. 나는 다급히 119 버튼을 눌렀다.

"아, 제가 지금 금오산에서 길을 잃었는데요. 폭포 지났고, 할딱고개 지나서 두 시간쯤 바위 타고 더 올라온 것 같아요."

나는 최대한 침착하게 말했다.

"주변에 뭐가 보여요?"

"음… 전부 바위랑 낭떠러지예요."

수화기로 잠깐의 침묵이 흘렀다가, 잠시만 기다리라, 출동하겠다는 대답을 들었다(그때 아마 휴대폰으로 위치 추적 같은 걸 하시지 않을까 생각했다). 그 후 망연자실해 주저앉아 있는데 어디선가 아주 작게 말소리가 들려왔다. 처음에는 환청인가 싶었는데 희미하지만 분명 멀리서 말소리가 들려오고 있었다. 나는 크게 소리쳤다.

"살려주세요, 여기 사람 있어요."

돌아오는 대답은 없었다. 나는 다시 한번 목청이 터져라 소리 질렀다.

"살려주세요, 도와주세요."

"…거기 아래 사람 있어요?"

"네, 여기 있어요!"

바위 위에서 남자 두 명이 나를 내려다봤다. 나는 살았구나 하는 심정이 됐다. 그들은 나를 바위 위로 끌어올려 줬고, 올라와서 보니 내 앞을 가로막고 있던 거대한 바위 하나만 넘어서면 바로 옆이 등산로였다. 나는 진심을 다해 감사 인사를 하며 연락처를 알려주시면 사례하겠다고 말씀드렸다. 정말 얼마를 드려도 아깝지 않을 것 같았다. 그러나 그들은 "저도 산에서 모르는 누군가에게 도움받을 일이 있겠죠."라고 말하며 그 자리를 떠났다(119에는 다시 전화해 자초지종을 얘기하고 감사 인사를 드렸다).

우여곡절 끝에 내가 약사암에 도착한 시간은 오후 6시경. 겨울 해가 저물어가는 시간이었다. 이 피디가 절 초입에서 날 기다리고 있었다. 기진맥진 거친 숨을 몰아쉬며 걸어오는 나와 눈이 마주치자 생긋 웃더니 말했다.

"내일 오지 그랬어? 이미 촬영 다 끝났어."

인간아, 내일이 아니라 영원히 못 올 뻔했다. 내가 자초지종을 말했더니 이 피디는 순간 심각한 얼굴이 됐다. 그러면서 위로랍시고 아마 약사암 부처님의 기운을 받아 살아왔나 보다 했다. 참말로 부처님 같은 말만 하는 인간이다. 나의 이런 사정을 들으신 스님은 우리에게 절밥을 푸짐하게 차려주시며 든든히 먹고 내려가라 말씀하셨다. 죽다 살아나서 그런지 그 맛은 정말 꿀맛이었다. 그날 금오산을 다 내려온 시간은 오후 10시. 나는 결국 절밥만 먹고 산만 타다 내려온 꼴이었다. 다르게 생각하면 신선놀음이었네?

나는 약사암 촬영을 같이 못 해서 어떡하냐고 미안하다고 중얼거렸더니 이 피디는 살아 돌아온 것만으로 대견하다고 말했다.

○

그 뒤로는 부득이한 경우가 아니면 내가 먼저 나서서 산 촬영을 잡지는 않았다. 어딜 가더라도 나 두고 먼저 가라는 말은 더더욱 삼가게 되었고. 그래도 또 모르겠다. 끝내주는 풍경이 기다리는 곳이라면, 그곳이 하필 산이라면, 다시 오르자고 말할지도.

쉽게 닿을 수 없어 더욱 매력적인 섬섬섬

파도가 배를 덮칠 듯 높이 올라 세 시간 동안 바이킹을 타는 기분으로 육지에 닿았다. 나는 극심한 멀미 끝에 육지에 닿았지만 웃음이 먼저 나왔다. 다행이다. 이번 주에 방송할 수 있겠다 하면서….

섬은 참 매력적인 곳이다. 육지처럼 마음 가는 대로 드나들 수 없어서 일단 쉽지 않은 매력이 넘친다. 그렇기에 더 자연이 살아 숨 쉬는 곳이며, 또한 그렇기에 단 한 번도 섬 촬영이 쉬웠던 적이 없었다.

우리는 촬영 장비가 많아서 꼭 차를 가지고 섬에 들어가야 하는데, 차량 선적은 대부분 사전에 예약할 수 없는 선착순이다. 그래서 자칫하면 원하는 시간에 배를 타지 못하거나, 아예 섬에 들어가지 못하는 경우가 생길 수도 있다. 그러다 보니 최대한 안정권에 들기 위해 우리는 매번 첫 배인 오전 7시 배를 타려고 새벽 4시쯤 도착해 대기줄에 차를 세워놓았다. 그런데 정말 놀랍게 이 시간에도 우리보다 먼저 도착해 기다리는 차들이 있다. 출발하는 것부터 긴장과 피곤함에 절게 되는 게 섬 촬영이다. 그럼에도 섬을 찾는 이유는? 정말 아름답기 때문이다.

○

　울릉도, 화산섬의 이질적인 풍경이 가득한 곳. 이 아름다운 섬에는 사실 이 피디의 절벽 다이빙 말고도 공포의 기억들이 많다. 특히 살인적인 스케줄. 2박 3일에 두 편을 촬영한다는 것은 뭍에서도 녹록지 않은 일이다. 하물며 섬은 들어가고 나가는 시간까지 꽤 걸리니 촬영 시간은 더욱 촉박할 수밖에. 그나마 다행이게도 울릉도 배편은 예약이 가능해 스케줄상 들어갈 때는 첫 배, 나올 때는 맨 마지막 배로 예약했었다. 그리고 우리가 가장 편했던 시간은 울릉도로 들어갈 때와 나올 때 배 안에서뿐이었다.

맨 처음 울릉도에 발을 들였을 때, 우리는 아름다운 그 섬의 비경에 "와!" 짧게 외마디 비명을 질렀다. 그리고 나선 말마따나 시간을 분 단위로 쪼갠 빡빡한 스케줄표를 꺼내들고 비명을 질렀다(나중엔 비명도 못 질렀다. 시간이 없어서).

이 피디의 절벽 다이빙과 더불어 열 시간이 넘는 독도 새우잡이 배 촬영, 따개비 채취 촬영, 두 개의 음식점 촬영, 두 곳의 명소 소개, 그 사이사이에는 아름다운 울릉도 드론 촬영….

이걸 정말 오가는 시간 빼고 이틀 안에 다 찍고 왔다. 지금 생각해보면 그 울렁울렁한 스케줄을 대체 어떻게 소화했던 건지, 울릉도의 절벽 모양만큼이나 경이롭다. 너무 정신 없이 움직여 입에서 단내가 나던 것밖에 기억이 나지 않는데, 딱 하나 울릉도에서 나올 때의 기억은 아주 선명하다.

우리는 나오기 직전까지도 촬영을 했다. 그날 울릉도에서 나가는 마지막 배 시간은 오후 4시, 마지막으로 남은 촬영은 행남해안산책로 촬영이었다. 절벽들 사이로 난 이 길을 걷다가 독도가 보이는 전망대에 올라가 엔딩을 하면 울릉도에서의 촬영은 모두 끝이 나는 것이었다. 행남해안산책로가 선착장 바로 옆에 있고, 우리는 오전 8시부터 촬영을 시작했기에 사실 마음의 여유가 좀 있었다. 그래서 "마지막 날이 되어서야 여유가 생기네." 하는 농담인지 진담인지 모를 말을 던지고 우리는 웃으면서 촬영에 들어갔다. 그러나 그 웃음은 그리 오래가지 못했다. 오전 8시에는 괜찮았던 날씨가 갑자기 흐려지기 시작하면서 촬영 한 시간 만에 거짓말처럼 먹구름이 몰려왔다. 아직 드론 촬영도 남아 있고 사람들과 인터뷰도 해야 하는데 큰일이었다. 설상가상, 해안산책길 중간 정도에 다다르니 빗방울이 떨어지기 시작했고, 동시에 문자도 하나 날아왔다. '기상 악화로 오후 4시에 출항 예정이던 배편이 오후 12시로 당겨진다'는 문자였다. 머릿속이 하얘졌다. 촬영 시간이 갑자기 네 시간 줄어들었는데, 그렇다고 산책길 중간에서 '끝!' 하고 돌아설 수는 없지 않은가. 어찌할 바를 모르고 있는데 이 피디가 말했다.

"먼저 선착장에 가 있어."

나 혼자 먼저 선착장에 가서 어쩌라고? 배가 떠나려고 하면 붙잡으라는 소리인가? 선장님 바짓가랑이라도 붙잡고 읍소하며? 이 피디는 영문을 몰라 하는 나의 얼굴에 대고 말했다.

"걸음이 느리잖아. 여기서 먼저 돌아가."

그렇게 말하고 이 피디는 조연출과 뜀박질을 시작했다. 결국은 이 길의 끄트머리까지 갔다가 해발 170미터 고도에 위치한 등대 전망대를 찍고 오겠다는 소리였다. 남은 거리가 얼마인데, 저걸 찍고 오겠다는 게 말이 되나? 촬영은커녕 산책 삼아 갔다 오기에도 부족한 시간 같은데? 게다가 한 사람이 겨우 걸을 수 있는 이 절벽 산책로는 잘못 발을 디디면 바다로 굴러떨어질 수 있을 만큼 위험했고, 빗줄기는 점점 더 굵어지고 있었다. 온갖 걱정들이 앞섰지만 나는 일단 선착장으로 향했다. 이 피디랑 조연출이 제시간에 못 오면 선장님께 진짜 사정이라도 해야겠다 싶어서.

훗날 다른 팀으로 떠나는 조연출이 '이 PD가 간다' 촬영 중 가장 힘들었던 촬영으로 꼽았던 것이 바로 울릉도 촬영이었다. 말도 안 되는 일정에 지칠 대로 지쳤는데 마지막 이 뜀박질이라니, 정말 심장이 튀어나올 때까지 뛰고 뛰었는데 이 피디가 멈출 생각이 없어 보여 눈물을 머금고 달렸단다. 해안산책로 끄트머리에서 아무 일도 없는 척 관광객들과 인터뷰하고, 비가 그렇게 내리는데도 어떻게든 드론을 날리는 이 피디를 보며 대단하다는 생각을 넘어 무서울 정도였다고 했다. 그러고는 다시 숨이 턱 끝을 지나 정수리까지 차오를 때까지 뛰었노라고 말했다.

선착장에 먼저 도착한 나는 '와… 여기서 못 나가면 어떡하지?' '이번 주 불방인가?' 별의별 생각을 다 하며 발을 동동거리고 있었다. 비는 점점 거세지면서 12시에 출항하는 배가 들어왔다. 사람들이 하나둘 배에 타기 시작했고, 내가 입술을 깨물면서 통화 버튼을 누르려는 찰나, 저 멀리 세찬 빗줄기를 뚫으며 얼굴이 하얗게 질린 두 사람이 뛰어오는 게 보였다.

"여기! 이제 출발할 것 같아."

나는 이쪽으로 오라고 소리쳤다. 이 피디는 조연출과 가쁜 숨을 몰아쉬며 배에 올랐다.

○

이제 모든 게 끝난 것인가. 한결 가벼워진 마음을 내려놓으려 했는데… 끝날 때까진 끝난 게 아니었다. 그때부터는 기상 악화라는 말의 의미를 정확히 알 수 있었다. 파도가 배를 덮칠 듯 높이 올라 세 시간 동안 바이킹을 타는 기분으로 육지에 닿았다. 나는 극심한 멀미 끝에 육지에 닿았지만 웃음이 먼저 나왔다. 다행이다. 이번 주에 방송할 수 있겠다 하면서…. 근데 산도 섬도 다녀오기가 이렇게 어려우니 이제 무슨 촬영을 잡아야 하나.

우당탕탕
예측불허의 현장

그래, 어련하겠는가? 살모사를 보고도 달려드는 녀석인데…. 진즉
부터 내 너를 알아봤다. 카메라만 들면 얼마나 무모해지는지 촬영
욕심은 얼마나 많은지 말이다.

　　정말 한 치 앞을 예상할 수 없는 것이 촬영 현장이다.
한순간의 기상 악화로 맑았던 하늘에서 비가 내리기도
하고 추워서, 더워서, 습습해서 갑자기 카메라 장비가 망
가지기도 한다. 경상북도 문경의 오지마을은 여태껏 보
지 못했던 돌발상황으로 가득했던 현장이었다.

○

이곳은 가는 길부터도 녹록지 않았다. 산허리로 구불구불 난 길을 따라가다 보니 어느새 도로 폭이 좁아지기 시작했다. 그러더니 여기가 차로 갈 수 있는 길인가 싶은 오솔길이 나왔고, 돌아나가야 하나 싶어질 때쯤 마을이 나왔다. 아니, 사실 마을이라고 부르기도 뭣하게 산속에 집 두 채만 덩그러니 있었다. 말 그대로 오지는 오지였다. 이 집에는 각각 서 할머니와 김 할머니가 사셨다. 두 분 다 남편이 먼저 돌아가셔서서 더욱 의지하며 지내고 계신다고 했다. 그래서 그날도 두 분은 함께 텃밭에서 곤드레 나물을 따고, 이걸 가마솥에 넣고 밥을 지어 드시고는 오순도손 말씀을 나누시다 낮잠이 드셨다.

여기까지는 참 평화로웠다. 우리는 오지에 왔으니 때 묻지 않은 자연을 담아야겠다고 생각했다. 어르신의 집 한쪽으로 비밀의 화원처럼 아치형을 한 숲의 입구가 있었다. 그 숲길로 들어갔더니 오른쪽에는 시냇물이 흐르고, 왼쪽에는 이름 모를 야생화들이 가득했다. 한참을 그 모습에 취해 카메라를 들이대고 있다가 안쪽으로 몇 걸음 더 들어선 순간, 나와 이 피디 그리고 조연출은 그대로 얼어 붙어버렸다. 눈앞에서 커다란 뱀이 길을 가로막고 서 있었기 때문이다. 뭐 그동안 산 촬영을 다니며 노루나 너구리, 고라니는 종종 마주쳐서 놀람 면역이 생겼건만, 이번에는 뱀이었다. 그것도 똬리를 단단히 틀고 고개를 빳빳하게 세운 거대한 뱀. 저런 크기, 저런 자세의 뱀은 영상 속에서나 봤지, 이렇게 코앞에서 마주칠 것은, 한번도 상상해본 적이 없었다.

뱀은 섣불리 움직이면 바로 공격해올 태세로 우리를 노려봤다. 불행히도 저것이 똬리를 틀고 있는 자리가 어르신 댁으로 돌아가는 유일한 길목이었다. 우리는 뱀과 원치 않는 눈싸움을 하며 대치 상태에 있었다. 누구 하나 어떻게 하자는 말조차 하지 못하는 숨 막히는 정적이 계속됐다. 그런데 갑자기 우리의 어리고 용감한 조연출이 카메라를 슬쩍 들더니 뱀을 찍기 시작했다. 이 피디는 혹시 조연출이 다칠까 봐 작게 외쳤다.

"촬영 안 해도 돼, 가만히 있어."

우리의 의욕 넘치는 조연출은 "신기하잖아요." 하며 이 피디의 말에 아랑곳없이 뱀 쪽으로 슬며시 다가가기까지

했다. 신기하다고? 두 번 신기했다가는 이 산속에서 뱀에게 물린 네 다리의 독을 내가 입으로 뽑아야 할 수도 있다고. 제발 그런 상황은 만들지 말아주라. 나와 이 피디는 저대로 놔두면 큰일 치겠다 싶어 목청이 터져라 소리를 질렀다.

"가지 마, 가만히 있어!"

우리의 이런 소란에 다행히 똬리를 튼 뱀이 몸을 풀고 자리를 피해주었다. 이 피디는 동물의 왕국에서 뱀의 저 자세가 공격하려는 자세라는 걸 봤다며 뱀 같은 건 찍지 않아도 된다고, 뱀이 도망갔기에 망정이지 달려들었으면 어쩔 뻔했냐고, 뱀이란 것이 알고 보면 사람보다도 빠르다고 조연출에게 잔소리를 한참 했다.

이런 살 떨리는 상황이 촬영 첫날 일어나다 보니 우리는 촬영 3일 내내 좀처럼 긴장의 끈을 놓을 수가 없었다. 게다가 어르신들의 집 앞에 난 오솔길 가장자리는 천 길 낭떠러지였다. 우리는 이곳으로 떨어지면 정말 큰일 날 것 같으니 조심하자고 주의하자고 서로 계속 경고했다. 집 안에서는 유쾌한 어르신들과 달콤한 촬영을 하고, 집

밖으로 나와서는 촉각을 곤두세우며 다니다 어느덧 마지막 날이 되었다. 두 어머님과 마지막까지 웃고 떠들다 보니 촬영은 해가 진 후에야 끝이 났다. 헤어짐이 못내 아쉬워 나는 집 안에서 어르신들과 끝이 긴 작별 인사를 나누고 있었고, 이 피디와 조연출은 밤 풍경을 몇 컷만 더 카메라에 담고 가겠다며 집을 나섰다. 그런데 잠시 후 밖에서 찢어지는 듯한 이 피디의 비명이 들렸다. 조연출의 이름을 부르는 외마디 소리에는 당혹감과 절망, 울음이 다 섞여 있는 것 같았다.

나는 신발도 신지 못하고 밖으로 뛰쳐나왔다. 그때 내 눈앞에 펼쳐진 장면은 이 피디가 무릎을 꿇고 낭떠러지 아래를 보는 모습이었다. 우리의 혈기 왕성한 조연출의 모습은 어디에도 보이지 않았다. 나는 정신이 아득해졌다. 이게 무슨 상황인지 누가 설명해주지 않아도 이 피디의 절망적인 뒷모습과 계속해서 무언갈 찾고 있는 몸짓에서 나는 알 수 있었다. 그 아래로 조연출이 떨어졌다는 사실을. 나는 힘이 빠져 후들거리는 다리로 가까스로 이 피디 옆에 다가가 주저앉았다. 그때, 갑자기 "큭." 하는 소리가 들려왔다. 낭떠러지 아래는 깜깜해서 아무것도 보

이지 않았는데, 분명 그쪽에서 들려오는 소리였다. 우리
는 온몸의 힘을 다해 외쳤다.

"괜찮아? 어디 있어? 거기 있어?"

이 피디가 서둘러 조명을 켜고 낭떠러지 아래를 여기
저기 비춰보았다. 그러자 다행히 낭떠러지에 매달려 있
는 조연출의 모습이 눈에 들어왔다. 조금만 손을 뻗으면
닿을 듯한 거리여서 이 피디가 허리를 숙여 손을 뻗었고
나는 그런 이 피디의 허리를 잡았다. 이 피디가 조연출의
손을, 팔을, 어깨를 있는 힘껏 끌어올렸다. 조연출이 올
라온 순간, 셋 다 맥이 탁 풀려 아무 말도 없이 그 자리에
한참을 주저앉아 있었다.

그나마 빨리 정신을 차린 내가 넋이 나가 있는 이 피디
에게 물었다.

"이게 무슨 일이야?"

이 피디는 밤 전경을 찍기 위해 조연출과 카메라를 하
나씩 들고 불 켜진 집과 달이며 가로등을 촬영했다고 했
다. 워낙 사방이 어둡고 집 앞에 낭떠러지가 몇 발짝 안
떨어져 있으니, 유일하게 밝은 집 마당 부근에서만 찍으

라고 조연출에게 신신당부를 했다고 했다. 그런데 우리의 의욕 넘치고 용감무쌍한 조연출은 갑자기 이것저것 욕심을 내기 시작하셨단다. 여기저기 위치를 옮겨가며 예술혼을 불태운 모양이었다. 그래, 어련하겠는가? 살모사를 보고도 달려드는 녀석인데…. 진즉부터 내 너를 알아봤다. 카메라만 들면 얼마나 무모해지는지 촬영 욕심은 얼마나 많은지 말이다. 그 잘하고자 하는 마음 때문에 이 피디가 참 예뻐하며, 얼마나 아끼는 후배인지도 알고 있었다. 지 선배(=이 피디) 어릴 때 하던 짓이랑 참 똑같다 싶었다. 이 피디도 드론이 없던 시절, 마을 전경 한 컷 찍겠다고 눈 덮인 산을 오르고 시장 전경 한 컷 찍겠다고 맞은편 상가 옥상에 올라가 난간에 매달려 촬영하기 일쑤였으니 말이다.

"그래서?"

나는 대충 어쩌다 저랬는지 짐작되었지만, 끓어오르는 분노를 다스리며 다음 상황을 물었다. 밤 풍경 촬영을 먼저 마친 이 피디는 조연출이 어떻게 찍는지 지켜보고 있었다고 했다. 구도는 어떻게 잡는지 뭘 찍고 있는지 말이다. 그러다 조연출이 카메라 앵글이 마음에 들지 않았는지 한 걸음 한 걸음 뒷걸음을 치다 뭐라 말할 틈도 없이 갑자기 툭 하고 눈에서 사라졌다고 했다. 너무 놀란 이 피디가 그쪽으로 소리를 치며 뛰어갔고(그 소리에 놀라서 내가 뛰어나왔고) 낭떠러지 아래를 보며 심장이 내려앉는 것 같았다고 했다. 이때 우리 조연출은 다행히 그 절벽에 낙석 예방을 위해 쳐놓은 그물 위에 떨어져 겨우 살아남을 수 있었다고 했다. 정말 큰일 날 뻔했다. 나는 문득 그 공포의 상황에 의문이 들어 조연출에게 물었다.

"아까 들린 큭 소리는 뭐야? 울었어?"

"웃겨서요."

웃겨? 생사가 오가는 순간이었는데 웃겼다고? 우리는 그 순간 온몸의 피가 다 밖으로 빠져나가는 기분이었는데 정작 그곳에 매달렸던 조연출은 이 상황에 웃음이 터졌다고 했다.

○

첫날부터 선배님이랑 작가님이 조심하라며 그렇게 걱정을 해댔는데, 자기가 마지막을 이렇게 화려하게 장식

해 그 기대에 부응했다며. 참나. 당시에도 기가 막혔고 지
금 다시 생각해도 코가 막힌다, 이 녀석아! 아마 그날이
촬영이 다 끝났는데도 현장에 가장 오래 남아 있었던 날
인 것 같다. 할머니 두 분께 인사를 드리고 촬영 장비를
정리한 후에도 이 피디가 손이 떨려서 도저히 운전을 못
하겠다고 했으니 말이다.

촬영은 6시간
방송은 6초

이 마을 사람들이 바닷속에 고이 간직해온 우물처럼, 어머님의 그 따뜻한 마음은 오랫동안 우리의 잊혀지지 않는 기억이 될 것이다.

우리나라 곳곳에서는 시간만 잘 맞추면 모세의 기적을 볼 수가 있다. 육지와 섬 사이의 바다가 갈라지며 생기는 바닷길이 몇 있는 것이다. 그런데 이 기적이라는 게 성경에서처럼 한순간에 '짠' 하고 나타나는 것이 아니다. 기다리고 또 기다리는 시간 끝에 서서히 나타난다.

바닷물이 다 빠지는 데 걸리는 시간은 여섯 시간. 너무 천천히, 오랫동안 일어나는 일이라, 사실 그 앞을 지키고 서서 사람 눈으로 보면 물이 빠지고 있는 건지, 바다가 갈라지고 있는 건지 잘 보이지는 않는다.

○

그런데 카메라로 이것을 찍어서 빠르게 돌리면, 화면 안에서 성경 속 모세의 기적이 일어난다. 그 경이로운 한 장면을 위해서 우리는 종종 도를 닦는 심정으로 바닷가 앞을 지키고 있었다. 봄, 가을은 그래도 기다리는 시간이 아주 고통스럽지는 않았으나, 여름에는 땡볕, 겨울에는 칼바람이 몰아쳐 어금니를 물어야 했다. 그렇게 촬영한 장면이 방송에 나오는 분량은 고작 6초. 여섯 시간의 촬영이 6초가 되는 것 자체가 참 기적이다.

체감 기온이 영하 20도에 육박하던 날, 우리는 전라남도 완도의 한 바닷가 마을로 떠났었다. 이곳 바다 한가운데 자리한 우물에서 맑은 물이 솟는다는 소문을 듣고, 그 실체를 찾아 나선 것이다. 바다에 우물이 존재한다는 것도 신기한데, 짜디짠 바닷물 사이로 민물이 솟아난다니. 하지만 소문 속 그 우물이 어디 마을 어느 바다에 있다,

정도만 듣고 정확한 위치를 알지 못했다. 그래서 이른 아침 그 마을에 도착한 우리는 바닷가 근처를 연신 서성거리고 있었다. 바다는 당연하게도 너무나 드넓어서, 여기저기 둘러봐도 우물의 이응 자도 보이지 않았다.

"마을 분들을 찾아서 물어보자."

우리는 그 바다 근처에 사는 사람들을 찾아 나섰다. 날이 너무 차서 그런지 거리에서 사람들의 모습을 보기 어려웠다. 마을회관도 문이 잠겨 있었다. 어떡해야 하나 고민하고 있을 때, 어느 집 앞에 차 한 대가 서더니 나이 지긋한 어르신 두 분이 내리셨다. 이제 막 집으로 들어가시려는 노부부를 향해 우리는 전력으로 달려갔다. 다행히 이 피디를 알아본 어르신들이 어이, 하면서 환한 미소로 반겨주셨다.

"안녕하세요. 아니, 여기 근처 바닷속에 우물이 있다던데 혹시 보셨나요?"

"우물이 있제."

"어디요?"

"저그. 거기 왜 소나무 큰 거 하나 있는데 그 아래… 아이고, 가만 있어 봐."

아버님이 설명하시기 복잡하신지 이리 따라오라면서 앞장서 가셨다. 아버님 뒤를 쫓아가면서 우리는 '어라? 어라?' 했다. 아버님이 멈춰 서신 곳은 놀랍게도 맨 처음 우리가 도착했던 그 자리였다. 아까 전에도 수십 번을 살펴봤는데 못 찾았던 그 우물이 여기 어디 있다는 것인지.

"저짝이야."

아버님은 바다 한쪽을 손으로 가리키며 말씀하셨다. 혹시 착한 사람 눈에만 보이는 우물일까? 내 눈에는 아무것도 보이지 않았다. 나는 눈을 비비면서 아버님께 여쭸다.

"어디요? 아버님?"

"지금은 만조라서 우물이 바닷속에 있제. 물이 빠져야 나타난다고."

"물이 언제 빠지는데요?"

"한 너댓 시간은 걸릴텐디."

아버님은 그렇게 말씀하시면서, 이렇게 날이 추운데 어찌 기다리냐며 걱정 한바탕을 하시더니 집으로 돌아가셨다. 나타나기만 한다면 이따위 추위쯤이야. 우리는 아버님이 가리키셨던 곳을 향해 카메라를 설치하고 그 앞에 철퍼덕 앉아 기다리기 시작했다. 주머니 밖으로 손을 내놓으면 잠시도 견딜 수 없을 것 같은 이런 추운 날에는 카메라가 갑자기 훅 꺼질 수 있기 때문에, 또 바람이라도 잘못 불어서 카메라가 넘어지기라도 하면 큰일이기 때문에 카메라 곁을 떠날 수 없었다. 서로 춥다, 춥다 하다가 나중에는 입 속의 온기라도 아끼려고 그냥 멍하니 바다를 바라본 지 두 시간쯤 지났을 때였다. 이 피디가 고개를 돌리며, "어?" 했다. 돌아보니, 아까 길을 여쭐 때 뵀던 어머님이 이쪽으로 걸어오시는 게 보였다.

"아따, 겁나게 추운디 살아 있네."

행여 얼어 죽었을까 싶어 우리의 생존을 확인하러 오신 걸까, 했는데 어머님이 종이가방 하나를 우리에게 내미셨다. 이게 뭐예요, 하면서 보니 그 안에는 통김밥 세 줄과 김치를 담은 접시, 따뜻한 군고구마와 보온병이 담겨 있었다. 종이가방을 받아 들고 있었던 이 피디가 "아이고, 어머님. 뭘 이런 걸 다 가져오셨어요." 하고 말했다. 어머님은 "별거 안 넣었어." 하시면서 우리의 감사합니다, 어머님 정말 감사합니다, 하는 말에 "다 먹고 보온병만 갖다주쇼." 하시고는 집으로 돌아가셨다.

그렇게 어머님은 쿨하게 떠나셨고 생각지도 못한 선물을 받은 우리의 마음은 이미 핫하게 데워졌다. 커다란 보온병에는 차디찬 한기를 달래줄 뜨끈한 믹스커피가 한가득 들어 있었다. 대여섯 시간은 물 빠지는 걸 기다렸다가 촬영을 이어가야 해서 점심까지는 모두 거를 생각을 하고 있었는데, 따뜻한 김밥을 보니 갑자기 없던 허기가 훅 생겼다. 우리는 통김밥을 손으로 잡고 한입 물었다. 따뜻한 밥 사이에 간장 양념이 뿌려져 있어 짭짤하고 달았다. 어머님이 따뜻한 것들로만 챙겨주셔서 그걸 다 먹고 나니 겨울의 바닷바람이 더 이상 춥지 않았다.

그날은 바닷물 빠지는 걸 촬영했던 날들 중에 가장 지루하지 않은 날이었다. 남아 있던 시간이 훅 지나가 금세 물이 빠졌다. 정말 그 바닷속에는 우물이 있었다. 그 옛날 섬에 물이 귀하던 시절, 우연히 이곳에 용천수가 솟는 것을 발견해 만들어놓은 거라 전해 들었다. 해마다 정월 대보름이면 이곳에서 나는 물을 제사상에 올릴 정도로 귀한 대접을 받는 약샘이라고 했다. 이 마을 사람들이 바닷속에 고이 간직해온 우물처럼, 어머님의 그 따뜻한 마음은 오랫동안 우리의 잊혀지지 않는 기억이 될 것이다.

○

　신비한 바닷속 우물을 촬영한 후, 우리는 한 시간 떨어져 있는 마트에서 음료수 한 박스와 군것질거리들을 샀다. 그러고는 이것들을 어머님께 보온병과 함께 돌려드렸다.

　이것들이 그 종이가방 안에 들었던 먹거리들만큼 따뜻한 것은 못되겠지만, 언젠가 다시 찾는 그날까지 건강하시길. 그때 다시 세상에서 가장 맛있는 김밥과 커피로 배를 채우고 어머님의 푸근한 정으로 허기진 마음이 채워지길 바라본다.

반대가 끌리는 이유

비가 오지 않았다면 보지 못했을 비경 속에서 이 피디는 말했다. "가보자고 등 떠밀어줘서 고맙구려." 나는 대답했다. "떨어지지 않는 발걸음을 떼어줘서 땡큐."

어쩌면 우리는 서로 가장 끝점에 있는 사람일지도 모른다. 언젠가 MBTI가 대유행하면서 MZ세대의 끝자락에 매달려 슬며시 참여해봤다가 소름 끼치는 결과를 보았다.

나: ISTP

이 피디: ENFJ

달라도 이렇게 다를 수가 있단 말인가? 우리는 정말이지 상극, 정반대의 성향을 갖고 있었다.

이래서 그랬구나. 나와 이 피디가 15년을 함께 일하는 동안 대치되던 그 순간순간이 이제야 조금 이해가 됐다.

○

그중 가장 반복적으로 일어났던 상극의 대화는 이런 것이었다.

나 : (언제나 그냥 가보는 거지 뭐 마인드)
　　　"일단 시작하자."

이 피디 : (늘 촘촘하게 설계한 후에 실행하느라)
　　　　"생각 좀 해보고."

찍을 것들은 많고, 상황은 급박하고, 시간에 쫓기는데 어떻게 생각을 먼저 할 수 있단 말인가. 나는 지체없이 일단 출발이었다. 생각이란 건 촬영을 하면서 하면 되는 거였다. 내가 출발선에서 이미 한발을 떼었을 때, 이 피디는 잠깐, 하면서 한 발 뒤로 물러났다. "시간이 없으니까 빨리빨리하자."는 것과 "그러니까 더 잘 체크해서 덜그럭거리지 말고 한 번에 가자."는 것의 대립. 정말 신기하게도 우리의 이런 상극의 성향이 현장에서는 대부분 톱니바퀴가 맞물려 돌아가듯 잘 맞는 편이었다. 나는 일단 저질러보고 그 뒷일은 이 피디가 맡아 꼼꼼하게 해결하니 그럭저럭 수준을 넘어서 일이 꽤 잘 진행됐다.

언젠가 봄에 경남 사천 와룡산으로 철쭉 군락지를 찾으러 간 적이 있었다. 와룡산에는 두 개의 봉우리가 있고, 등산로 입구가 크게는 네 개가 있었다. 우리는 이른 아침에 와룡산 부근에 도착했지만, 등산로 입구를 잘못 찾아 시간을 좀 낭비했다. 그런데다 산 초입에서 등산객들과 흥겹게 웃고 떠들다 보니 예상한 것보다 시간이 많이 지체됐다.

그리하여 이 피디는 여러 개의 등산로 입구, 여러 개의 등산 코스 중에 어디로 가야 철쭉 군락지를 만날 수 있는지, 주변에 확실히 물어보고 정확하게 방향을 잡아가자 했다. 하지만 나는 너무 늦었으니 일단 여기서 올라가자, 가다 보면 군락지가 보일 거라며 출발을 재촉했다. 결국 이날은 이 피디가 내 말을 듣고 출발하게 됐다.

가는 길은 완만한 산길이었다가, 갑자기 경사가 시작되더니 어느새 길이 온통 바위로 변해버렸다. 어쩐지 이 코스에 사람이 없는 것이 좀 이상하다 했는데, 내가 예상했던 것보다 훨씬 험난한 길이라 아주 일찍 출발하지 않는 이상 잘 다니지 않는 길인 모양이었다. 이게 길이 맞나 싶은 바위 더미들을 지날 때는 철쭉 군락지를 찾을 수 있을까 의심까지 들었다. 그래도 어쩌겠는가, 가야지. 내가 가자고 했는데. 허벅지가 터지도록 바위들을 넘고 기어, 우리는 여섯 시간이나 걸려 정상에 도착했다. 다행히 그 봉우리에 철쭉 군락지가 있었다. 알고 보니 철쭉 군락지의 찐루트는 우리 걸어온 길의 정반대 방향에 있었다. 길만 잘 찾으면 세 시간 만에도 온다는 곳을 여섯 시간만에 산 하나를 넘어왔던 것이다. 그때 나는 산 정상에서 땀으로 흠뻑 젖은 채 참회했다. 이 피디 말대로 출발 전에 사람을 찾아 물어만 봤다면 그게 아무리 길어도 한 시간이었을 텐데…. 돌다리를 두들겨보지도 않고 건너는 통에 그 한 시간을 세 시간으로 늘려 버렸다. 징하다, 나 새끼! 완벽한 나의 실패였다.

그러나 나의 밀어붙이기식 촬영은 전라남도 구례에서는 꽤 괜찮은 결과를 얻었다. 그날은 마치 소림사처럼 절벽에 자리한 사찰을 찍는 날이었다. 이 피디는 이 사찰을 어떻게 찍어야 그 웅장한 풍경이 담길지, 절벽 안에 숨어 있다는 부처님 얼굴부터 여러 가지 신비한 것들을 촬영 각도까지 계산해 준비했었다. 이 사찰 촬영 다음에 또 다른 촬영이 예정돼 있으니, 현장에서 고민할 시간을 줄이겠다는 명목이었다.

한여름에 찾은 구례에는 예상치 못한 폭우가 쏟아졌다. 자신의 계획에 없던 변수가 나타나 이 피디는 주저했다. 우산을 받치고 사찰을 바라보던 이 피디는 날을 바꿔 촬영하자 했다. 그렇게 되면 그 시간은 공치게 되고 다음 촬영들에도 모두 영향을 주게 될 것이었다. 나는 원래 스타일대로 일단 가보자고 밀어붙였다. 일단 올라갔는데 촬영이 안 되면 최소한 답사라도 다녀온 게 될 테니까, 나중에 다시 오더라도 일단 찍어 보자 하며 나는 촬영강행을 주장했다.

망설이던 이 피디는 나의 재촉에 못 이겨 수심 가득한 얼굴로 촬영을 시작했다. 쏟아지는 장대비에 사찰은 고

즈넉하다 못해 고요하기까지 했다. 이 높고 거대한 사찰에 우리밖에 없는 것 같은 느낌이 들었다. 그런데 사찰안 절벽으로 난 계단을 따라 10분쯤 올랐을 무렵, 파란색우비를 입은 어머님, 아버님들이 단체로 나타났다. 다 함께 절벽 계단 끝까지 올랐다가 내려오는 길이라고 하셨다. 비가 억수같이 쏟아지는데도 지친 기색 하나 없이 흥겨운 분위기가 물씬 풍겨왔다. 게다가 모두 말씀을 얼마나 재밌게 하시는지 오늘 이곳에서 인터뷰는 이것으로됐다, 충분하다는 생각까지 들었다. 이 피디 역시 먹구름이 잔뜩 낀 얼굴로 출발했다가 호탕한 어르신들과의 만남으로 얼굴이 피기 시작했다.

○

한결 가벼워진 발걸음으로 절벽 꼭대기까지 올라갔을때, 그곳에는 완전히 다른 세계가 펼쳐져 있었다. 자욱한운무가 절벽을 감싸 안은 채 발아래 깔려 있었다. 하얗게피어오른 운무는 섬진강의 물줄기와 함께 천천히 흘러가고 있었고 그 모습은 마치 담도 높은 수묵화 같아서 입이

다물어지지 않을 지경이었다. 이 피디는 와, 하면서 "지금 오지 않았으면 진짜 큰일 날 뻔했다." 말하며 카메라를 들었다. 나는 카메라에 우산을 씌워주며 "와, 진짜 멋있다." 하고 함께 감탄했다. 카메라는 빗속에서 오랜 시간 운무의 흐름을 담았다. 비가 오지 않았다면 보지 못했을 비경 속에서 이 피디는 말했다. "가보자고 등 떠밀어줘서 고맙구려." 나는 대답했다.

"떨어지지 않는 발걸음을 떼어줘서 땡큐."

긴급상황 119,
부상의 단상

이 피디가 원두막에서 부스스 일어나더니 이제 좀 괜찮아지는 것 같다고 애써 나를 달랬다. 괜찮아졌을 리가 없을 텐데, 그래도 늘 어쩔 수가 없다.

전라남도 보성만큼이나 녹차로 유명한 경상남도 하동. 그 싱그러운 녹차밭에 위험이 도사리고 있을지는 몰랐다. 하동 녹차밭을 찍는 날 우리는 새벽 3시쯤 서울에서 출발했다. 녹차 농사를 짓는 주인과는 오전 10시에 만나기로 약속되어 있었다. 이 피디가 쉬지 않고 운전한 덕에 우리는 약속 시간보다 두 시간이나 일찍 도착했다.

전날, 밤을 거의 새운 채 출발했던 우리는 적당한 곳에 차를 주차하고 한 시간 정도 눈을 붙이기로 했다. 한 30분쯤 잠들었다 눈을 떠 보니 운전석에 있어야 할 이 피디가 보이질 않았다.

○

    조연출도 아직 보조석에서 잠들어 있었는데, 혼자 어디로 사라졌는지, 창밖을 두리번거려봐도 보이는 것은 녹차밭뿐이었다. 간간이 다들 피곤에 쩔어 입 벌리고 잠든 걸 어떻게 깨우겠느냐며 혼자서 드론을 날리러 간 적이 있었기에, 오늘도 그런가 하며 슬그머니 차 밖으로 나가보았다. 정신을 차리고 주변을 둘러보니 이곳은 그냥 마을 전체가 녹차밭이었고, 차가 주차된 곳은 녹차밭 언덕의 정상 부근이었다.

    거대한 녹차밭이 펼쳐진 언덕은 경사가 심했다. 어디까지 가서 뭘 찍고 있는지 주변을 돌아보는데, 어디선가 어르신들의 웃음소리가 들렸다. 그 소리를 따라가보니 언덕 저쪽에서 녹차를 수확하는 어르신들 사이로 카메라를 들고 있는 이 피디의 모습이 보였다. 녹찻잎을 따는 기계를 따라 밭고랑 이쪽에 있다 저쪽으로 갔다 아주 열심이었다. 나는 그 모습을 보다 약속 시간이 얼마나 남았나 확인하러 차로 들어가려던 참이었다. 그때였다.

"아이고, 저걸 우째, 우야노."

어르신들이 탄식하는 소리가 들려왔다. 이 피디는 시야에서 사라져 있었고, 녹차밭의 구석진 한쪽에 사람들 몇몇이 모여 있었다. 놀란 마음으로 급히 뛰어가 보니 이 피디가 카메라를 든 채 수로에 널브러져 있었다. 높이가 1미터는 되어 보이는 수로에는 또 어쩌다 빠진 것인지 의아했다. 어르신 중 한 분이 "수확기를 따라서 뒷걸음질 치다가 떨어졌다." 말씀하셨다. 녹차 수확기가 밭의 이쪽 끝에서 저쪽 끝으로 움직이며 나무를 베는데, 그걸 따라 움직이다가 한쪽 가장자리에 푹 파여 있는 수로를 보지 못하고 떨어진 것 같았다.

어르신들 놀랄까 봐 큰 소리도 내지 못하면서 아파서 어쩔 줄 몰라 하는 이 피디를 일으키자, 어르신들이 "머리로 떨어졌어, 병원에 가봐."라는 충격적인 말을 전하셨다. 또 시멘트 바닥에 머리로 떨어진 것이다. 놀란 어르신들께 서둘러 인사를 드리고 이 피디를 데려오는데 휘청 휘청 몸을 잘 가누지 못하고 어지럽다며 낮게 신음했다. 주변에 원두막이 보여 잠시 이 피디를 눕혔다. "잠을 못 자서 어지러운 거겠지?" 하면서 이 피디가 중얼거렸다. 머리를 감싸고 누워 있는 걸 들여다보니 양쪽 팔이 전부 돌에 갈려서 피가 철철 나고 있었다.

이럴 때가 종종 있었기에 늘 갖고 다니는 구급약으로 팔부터 해결하고, 나는 일단 시간이 얼마나 남지 않은 촬영을 좀 미뤄야겠다고 생각했다. 하지만 상황이 여의치가 않았다. 출연자들은 오늘밖에 시간이 안 되고 내일은 일이 있어서 촬영을 미룰 수 없다고 하셨다. 어찌해야 할까 난감하던 차에, 이 피디가 원두막에서 부스스 일어나더니 이제 좀 괜찮아지는 것 같다고 애써 나를 달랬다. 괜찮아졌을 리가 없을 텐데, 그래도 늘 어쩔 수가 없다.

나는 이 '괜찮다'는 말을 잘 믿지 않는다. 괜찮다고 해서 촬영을 강행하다가 나중에 병원에 가니 근육이 찢어진 상태인 적도 있었고, 분명 발목이 꺾이는 걸 내가 봤는데 괜찮다고 하다가 병원에 가니 인대가 늘어나 있는 것도 보았다.

하지만 우린 또 어쩔 수 없이 예정되어 있던 촬영을 소화했다. 다행히 녹차밭 주인분들은 너무나 친절하고 정이 많았다. 사정을 알았기에 모두가 다친 이 피디 걱정으로 점심도 거른 채 필요한 촬영을 빠르게 끝내 주었다. 그러고는 하동에는 CT를 찍을 수 있는 병원이 없으니, 구례로 가라는 말씀을 해주셨다. 다음 날 일찍 구례의 응급실에 가서 CT 촬영을 했는데 감사하게 머리에 문제는 발견되지 않아 놀란 가슴을 겨우 진정시킬 수 있었다(아마 살짝 문제가 있었어도 분명 이 피디는 촬영을 강행했을 인간이다. 디스크 터졌을 때도 허리를 부여잡고 갈대밭에서 어르신들과 춤을 추며 한참 걸어 다녔으니까).

매주 사건, 사고가 많은 현장이지만 언제나 가장 무서운 것은 이 피디가 아프거나 내가 아프거나 하는 경우다.

충청남도 보령에서 어느 겨울에는 내가 또 크게 한번 아팠었다. 그날은 보령의 겨울 별미인 굴을 찍으러 갔던 날이었다. 이른 새벽부터 굴 채취에 나서는 어부를 만나기로 약속하고 오전 6시쯤 보령 굴 단지에 도착했다. 우리와 만나기로 했던 어부는 이곳에서 아내와 함께 굴 식당도 운영하고 있었다. 그는 추운 겨울에 찬바람을 맞으며 바다로 나가야 하니 속이 든든해야 한다며 함께 밥을 먹고 출발하자고 말씀하셨다. 그의 아내가 멀리서 손님이 왔다고 새벽부터 굴밥에 굴국, 굴무침까지 푸짐하게 한 상을 차려주셨다. 나는 원래 아침을 안 먹기도 하고 잠을 자지 못한 상태라 입이 까끌까끌했지만, 주인장 부부의 마음이 너무 감사해 꾸역꾸역 밥을 밀어 넣었다.

주인장 부부의 굴밭은 육지에서부터 그리 멀지 않아 나도 함께 배에 몸을 실었다. 살을 에는 듯한 칼바람이 부는 날이었다. 바닷속에서 그간 열심히 키운 굴을 꺼내 옮기고 담고 하는 작업을 촬영하다 세 시간가량 후에 굴 단지로 돌아왔다. 멀미가 없었기에 다행이다 했더니 돌아오자마자 속이 좀 이상했다. 좀 메슥거린다 싶더니 잠시 후에는 구토감을 참을 수 없는 지경이 되었다. 나는 서둘러 화장실로 뛰어가 먹은 것을 모두 게워냈다. 멀미가 아니고 체한 것일까? 몇 번이나 화장실을 들락날락하며 토악질하다 나중에는 더 나올 것이 없는지 쓴 물까지 다 토해냈다. 그러고 나니 눈앞이 하얘질 정도로 어지러웠다. 촬영하고 있던 이 피디가 그런 나를 보고 소리쳤다.

"너 지금 얼굴이 하얘졌어. 왜 그래?"

"갑자기 너무 미식거리네. 체했나?"

옆에서 조연출이 내가 계속 화장실에 가서 토하더라는 말을 전했고, 이 피디는 당장 병원에 가자고 말했다. 나는 체한 걸로 무슨 병원에 가냐며 고집을 부렸는데, 그렇게 말하면서도 화장실까지 가지도 못하고 다시 토악질을 했다. 이 피디는 나를 데리고 병원으로 향했다. 다행히 얼마 떨어지지 않은 곳에 의원 하나가 있었다. 작은 시골 마을에 딱 하나 있는 병원이라서 그런지 문을 열고 들어서자 족히 서른 명은 넘는 어르신들이 일제히 우리를 바라보셨다. 나는 서 있을 기운도 없어서 병원 의자에 쓰러져 있었는데, 대신 접수를 한 이 피디가 많이 기다려야 될 것 같다는 말을 전해줬다. 그 순간 한 어르신이 말씀하셨다.

"처자가 많이 아픈가벼? 앉아 있지도 못하네 그려."

그러자 그 말이 옆 어머님, 옆 옆 어머님으로 퍼져나가 나중에는 병원 안에 있던 분들이 전부 웅성웅성하며 걱정하셨다. 그러다 갑자기 어르신 한 분이 일어나 접수대로 향하셨다.

"저기 처자 먼저 봐주라고 혀, 우린 좀 기다려도 돼."

그러자 맞아, 그려, 나는 괜찮여라며 또 너나 할 것 없이 어르신들 모두가 웅성웅성하며 양보를 해주셨다. 다른 곳도 아니고 병원에서 양보라니 내가 지금 기력이 없어서 환청을 듣나 했다. 곧 쓰러질 것 같은 나를 대신해 이 피디가 연신 고개를 숙여 감사 인사를 드렸다.

진료 후, 의사 선생님은 정확한 원인은 알 수 없고 일단은 굶어야 한다고 말씀하셨다. 이틀에서 사흘 정도 속이 편해질 때까지 굶어야 한다고. 그때 옆에서 같이 말을 듣던 이 피디가 정색하며 했던 웃픈 말이 아직도 잊히지 않는다.

"아니 힘 쓰는 사람인데 어떻게 굶겨요?"

…힘을 쓰는 사람이라니? 나는 작가인데 머리를 쓰는 사람 아니던가? 의사 선생님이 내가 어디 운동선수이거나 육체노동을 하는 사람인줄 아시겠다. 이 인간이 평소에 나를 힘 쓰는 사람이라고 생각했구나 싶어서 그렇게 아픈 와중에도 웃음이 터졌다. 그래 틀린 말은 아니다. 나는 현장에서 카메라도 들어야 하고 소품을 나르기도 하니 머리보다는 몸을 쓰는 사람이라는 게 맞는 말인 것도

같다. 결국 나는 이틀 내내 곪고 힘을 쓰지 못한 채 촬영 현장에 나가지 못했다.

○

　여담이지만 그때 알지 못했던 구역감의 원인을 이후 다른 촬영 현장에서 알게 됐다. 그때는 된장찌개를 먹고 같은 현상이 일어났었는데, 그 안에도 굴이 들어가 있었다. 언제부터인가 굴 알레르기가 생긴 것 같다. 그래서 이제는 굴을 입에도 대지 않는다. 아쉽다. 겨울의 맛은 굴인데 그 꿀맛 같은 굴맛과 영영 작별이라니.

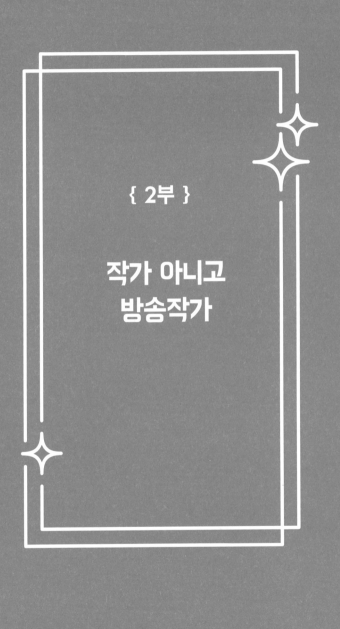

{ 2부 }

작가 아니고
방송작가

제철의 선물

다행이다. 어부들은 생업이니 이걸로 밥도 먹고 옷도 사겠다. 우린 이번 주에 무사히 방송할 수 있겠구나. 동이 트지 않은 새벽에 바다를 바라보며 연신 기도한 것을 하늘에 누군가 들어주신 걸까?

데일리 정보 방송(KBS '생생정보', MBC '오늘저녁', SBS '생방송 투데이' 등)을 하는 작가들은 봄·여름·가을·겨울 계절별로 할 수 있는 아이템들이 몇 개는 정해져 있을 것이다. 봄에는 꽃놀이와 봄나물, 여름이면 휴가 명소, 가을이면 단풍, 겨울이면 설산의 풍경이 머릿속에 그려지리라 생각한다. 제철 아이템들은 딱 그 시기밖에 할 수 없으니 매일매일 나가는 방송이어야 접근성이 좋기에 그렇다.

○

3월이 되면 경상남도 거제에는 아주 특별한 봄 손님이 바다를 찾아온다. 바다의 높이뛰기 선수, 숭어다. 3월에서 5월 숭어는 떼를 지어 거제 바다를 이동하기 때문에 옛날부터 육소장망이라는 어법으로 숭어를 잡았다. 숭어 떼가 지나가는 길목에 미리 그물을 깔아놓고, 그것들이 지나가는 타이밍에 맞춰 거대한 그물을 들어 올리는 것이다. 언제 숭어 떼가 지나갈지 몰라 계속 살펴보고 있어야 해서 바다 앞에 설치한 망루(전망대 같은 곳)에서 미세한 바다의 움직임을 지켜보는 사람이 있다. 이 사람을 망수라고 한다. 바다 물빛의 미묘하게 변하는 순간과 물속 숭어 떼의 미세한 움직임(주로 물결의 파동)을 정확하게 포착해야 하는 전문적인 일이다.

숭어 떼가 예고를 하면서 나타나는 것이 아니기 때문에, 망수는 동이 트는 오전 6시부터 해가 지는 오후 6시까지 꼼짝없이 망루에서 대기해야 한다. 그동안 망수는 계속 바다를 바라보며 한 자리에서 먹고 쉬고를 반복한다. 이렇게 애를 써도 한 달에 한 번도 잡히지 않을 때가 있다고 한다. 그 숭어 떼를 찍으려 한 날이 있었다.

어두컴컴한 새벽 3시, 떨리는 마음으로 촬영 장소에 도착한 우리는 아직 망수도 도착하지 않았는데 카메라부터 설치했다. 과연 우리의 촬영 기간 내에 망수는 숭어 떼를 발견할 수 있을까? 이미 한 달째 소식이 없다고 했는데 못 잡으면 뭘 하지? 잡생각들로 머리가 복잡해 피곤 따위 느낄 겨를이 없었다. 오전 5시 30분쯤 망수가 도착했다. 인사를 나누고 나니 가슴이 더욱 떨려왔다. 그때부터 우리의 소원은 하나, 숭어 떼의 등장이었다.

어둠이 걷히며, 해가 나고, 기도하는 마음으로 숭어를 기다린 지 여덟 시간이 지난 오후 1시, 마침내 숭어 떼가 나타났다. 망부석처럼 앉아 바다를 지켜보던 망수의 '지금!'이라는 외침에 바닷속 바닥에 깔려 있던 축구장만 한 그물이 들어 올려졌다.

"파닥파닥 파닥파닥 파다다다닥."

마침내 그물 위로 드러난 숭어 떼. 어찌나 힘이 좋은지 숭어 떼의 움직임에 바다에 거대한 물보라가 일었다. 그 모습이 참 장관이었다. '그나저나 저렇게 큰 그물은 어떻게 배로 올리는 걸까?'라는 생각이 드는 찰나 선원들이 빨리 배에 올라야 한다며 서둘렀다. 이 피디도 잽싸게 장비를 챙겨 선원들을 따랐다. 그러고는 배가 공중으로 들어올린 그물 아래로 들어가기 시작했다. 초대형 그물에 넓게 퍼져 있는 숭어 떼를 솜방망이 같은 것으로 툭툭 치며 한가운데로 모으는 것이었다. 그리고 그날 이렇게 잡힌 숭어가 무려 8,000마리, 그해 숭어가 가장 많이 잡힌 날이라고 했다. 한가운데로 모은 숭어를 거대한 뜰채로 연신 떠올리는데 그 수가 얼마나 많은지 나는 뜰채가 터지지 않을까 하는 걱정까지 되었다. 엄청난 양의 숭어 무게에 선원들은 지칠 법도 한데 저마다 웃음꽃이 활짝 피어 있었다. 그러고는 이 피디가 어복(물고기 복)이 있다며 엄지손가락을 마구 치켜들었다. 다행이다. 어부들은 생업이니 이걸로 밥도 먹고 옷도 사겠다. 우린 이번 주에 무사히 방송할 수 있겠구나. 동이 트지 않은 새벽에 바다를 바라보며 연신 기도한 것을 하늘에 누군가 들어주신 걸까? 지성이면 감천이라는 말을 다시 한번 가슴에 새겼다.

충청남도 태안에서는 매년 6월이면 경운기 부대의 대이동이 시작된다. 마을의 수십 대의 경운기가 줄을 맞춰 갯벌로 향하기 때문이다. 마을 공동 작업으로 바지락을 채취하기 위해서였다.

물때에 맞춰 하나둘 모여드는 경운기는 마을 사람들 저마다의 취향을 반영한 듯 한껏 꾸민 모습이었다. 마치 모터쇼에 진열된 자동차들마냥 화려한 자태로 누구는 알록달록한 파라솔, 누구는 꽃무늬 양산을 달아놓아 햇빛을 가리는 기능적인 측면까지 신경 쓴 것이었다.

"아버님, 같이 얻어 타도 되겠습니까?"

가장 현란하게 꾸민 경운기 앞에 서서 이 피디가 합석을 제안했다. 어르신들은 흔쾌히 우리를 경운기에 태우셨다.

"이 피디가 태워달라고 하면 여기 누구라도 다 태워줄 거여."

그 소리에 넉살 좋은 이 피디는 오늘 바지락 열심히 캐서 태워주신 값을 치르겠다고 말씀드렸다. 어르신은 호탕하게 웃으시더니 기대해보겠노라 말씀하셨다. 마침내 선두에 선 어촌계장님 입에서 출발이라는 외침이 들려왔다. 일렬로 서서 기다리던 경운기가 일제히 시동을 걸고 움직이기 시작했다. 마을의 바지락 밭(갯벌의 중앙)을 향해 수십 대의 경운기가 함께 움직이는 것이었다. 이 광경은 영화 〈매드맥스〉에서 자동차들이 무리를 지어 사막을 달리는 모습과 비슷하다고 하여 누군가는 머드맥스라고 부를 정도로 그 모습이 장관이었다. 한참을 달려 바지락 밭에 다다르니 저마다 경운기를 갯벌 한가운데에 주차하고 바지락 채취에 나섰다.

"이제부턴 시간 싸움이여."

다시 물이 차오를 때까지 작업을 끝내야 하니 서둘러야 한다고 어르신은 말씀하셨다. 그 소리에 이 피디도 나도 마음이 바빠졌다.

"아니 근데 뭐가 돌멩이고 뭐가 바지락이야?"

한참 호미질하던 이 피디가 탄식하듯 내뱉었다.

"내가 아나?"

나도 모르겠다. 암만 뚫어져라 봐도 모르겠다. 옆의 어르신들은 갯벌 바닥만 긁어도 바지락이 우수수 쏟아지는데…. 이상하게 이 피디가 파는 곳에는 돌멩이만 굴러다녔다. 안 되겠다 싶었는지 작전을 바꾼 이 피디는 고수 어르신 옆으로 다가갔다.

"어머니, 바지락은 어떻게 찾아요?"

진흙 속에 숨어 있는 바지락을 귀신같이 찾아내던 어르신은 눈을 먼저 찾아야 한다고 말씀하셨다.

"바지락에 눈이 달려 있어요?"

이 피디가 놀라서 여쭤보니 어르신이 말씀하신 눈은 바지락의 숨구멍이었다. 그러면서 이것이 바지락의 숨구멍이라고 알려주시곤 그 구멍 아래서 바지락을 캐는 시범까지 보여주셨다. 그때부터 눈이 빠져라, 갯벌 바닥을 들여다보던 이 피디는 실소를 터트렸다.

"바지락을 찾으려면 눈을 찾아야 하는데 눈부터 못 찾겠네."

정말 그랬다. 우리 같은 하수는 백날 들여다봐도 봐도 이 구멍인지 저 구멍인지 구분이 되지 않았다. 어느새 물이 차오를 때가 다 되어 나도 투입돼 함께 갯벌을 뒤집었지만 우린 고작 대여섯 개 바지락을 건졌을 뿐이었다.

○

"이걸로 경운기 얻어 탄 값이 되겠어?"

내가 이 피디에 물었다.

"몸으로 때워야지, 어르신 어깨라도 주물러드려야겠어."

이 피디가 웃으며 대답했다. 그래, 아마 큰 기대는 하지 않으셨겠지. 그래도 이 정도까지 못할 거라고도 생각하진 않으셨을 것 같다.

올해도 어김없이 3월에는 돌아올 숭어를 기억했고 6월에는 통통하게 살이 오른 바지락을 생각했다. 아마 나는 데일리 방송을 하지 않아도 1년 열두 달을 제철 수산물과 식재료로 구분할 거 같다. 이것도 직업병이라면 직업병이려나.

섭외의 단상

이 피디는 그 모습들을 촬영할 때마다 한 번씩 너는 정말 대단한 작가라며 엄지를 치켜들고 박수를 아끼지 않았다. 이 특이하고 유유자적한 삶의 모습을 만난 것만 해도 대박인데, 짝꿍 피디에게 칭찬까지 아낌없이 듣다니

언제부턴가 '복불복'이라는 말이 유행하던데, 이 말은 '복이 오거나, 오지 않거나', 즉 나의 의지와 노력은 상관없이 그저 운이 좋길 바라야 하는 것이다. 예를 들어 제비뽑기나 사다리 타기 같은 것들 말이다.

방송작가에게는 섭외가 딱 그렇다. 복불복이다. 어떤 날은 섭외 전화를 할 때부터 죽이 잘 맞아 촬영까지 일사천리로 이뤄지는 경우가 있는가 하면, 몇 번씩 전화해도

긴가민가하다가 오랜 시간 후에 그냥 어그러지고 마는 경우가 있다. 너무나 간절히 찍고 싶고, 너무나 공을 들여왔지만 내가 결정하는 게 없이 상대의 수락만을 기다려야 하는 상황. 전화가 오거나, 오지 않거나. 촬영이 허가되거나, 되지 않거나.

○

요즘은 상황이 더 안 좋아졌다. 언제부터인가 보이스피싱이 기승이라, 사기 피해자들과 더불어 방송 작가들도 적지 않게 타격을 입었다. 방송 프로그램명과 소속, 이름을 밝혀도 그냥 전화를 끊어버리고 사기꾼 취급을 받기 일쑤다(실제로 방송사와 프로그램을 허위로 밝히면서 돈을 요구하는 경우도 있으니 조심해야 하지만). 아마 작가들이 대부분 사무실 전화를 쓰지 않고 자기 휴대폰으로 전화를 걸기 시작한 것이 이쯤일 것이다. 지역번호 02 또는 인터넷 전화 앞자리 070 번호 대신 휴대폰 번호가 뜨면 그나마 상대가 받기라도 했으니까.

이런 섭외는 딱 사람에 한정된 것은 아니다. 촬영할 장소에 대한 허가도 미리 구해야 하고, 드론 허가도 받아야 한다. 특히나 우리는 여행 코너를 하기 때문에 항공 촬영이 필수적인데, 드론 허가는 생각보다 까다롭고 시간이 오래 걸리기도 했다(실제로 드론 촬영 허가를 못 받아서 아이템을 취소하거나 멋진 풍경을 드론으로 못 담는 경우도 많았다).

강원도나 경기도 북부 지역 등 군사 지역의 경우가 특히 까다롭다. 허가가 나는 데까지도 오래 걸리지만, 허가가 나도 드론 촬영을 할 때 자유롭지 못하다. 군인의 감시 속에서 함께 움직여야 하기 때문이다. 실제로 이쪽 지역들에서 드론 촬영을 앞두고, 우리는 촬영 당일 군인들에게 언제, 어디서 만날 것인지, 드론을 얼마나 날릴 것인지, 어디 어디로 이동해가며 날릴 것인지 낱낱이 보고해야 했다. 군인들과 실제로 만나고 보면 그렇게 딱딱한 경우는 잘 없었지만, 그래도 드론을 날리고 난 후에는 그 자리에서 촬영본을 일일이 검토하고 가끔 보안 문제로 영상을 삭제할 경우도 있었다.

인물 섭외는 좀 묘한 구석이 있다. 가끔 복도 아니고 불복도 아닐 때가 있는 것이다. 섭외 과정에서는 너무 출연하고 싶다며 촬영에 적극적인 태도였지만 막상 현장에선 그렇지 않은 경우가 있고, 통화할 때는 뜨뜻미지근했지만 현장에서는 열의가 넘치는 경우가 있다.

경상북도 영덕의 어르신은 후자 쪽이었다. 그때 나는 이 피디와 자연에서 행복하게 살아가는 사람들을 찍는 코너를 하고 있었다. 이번에는 어떤 분을 찍어야 하나 찾던 중, 영덕의 한 마을에서 당나귀를 키우며 살아가는 어르신의 사진 한 장을 누군가의 블로그에서 발견했다. 블로그의 주인장도 그분이 심상치 않은 분이라고 내게 귀띔해줬다. 잔뜩 기대에 차서 어렵게 알아낸 전화번호로 연락을 드렸는데 그분의 목소리가 시큰둥했다.

"나를 찍으러 온다고?"

"네 어르신, 당나귀들과 사시는 모습이 행복해 보여서요."

"시골에서 나귀랑 사는 노인네를 뭐 하러 찍어."

목소리에 귀찮음이 잔뜩 묻어나 있었다. 그래도 포기하지 않고 이것저것 물어보며 취재하는데, 답변을 한두 개 하시곤 직접 와서 보면 되지 뭘 그렇게 꼬치꼬치 물어 쌌냐고 역정을 내셨다. 역시나 나이 많은 어르신들과의 통화는 녹록지 않다 생각했지만, 나는 이분을 꼭 만나러 가고 싶었다. 개나 고양이도 아니고 당나귀를 키우며 사는 사람이 그리 흔하던가. 이 피디 역시 특이한 분이라며 어떻게 찾았느냐고 박수를 쳤다. 하지만 내가 이 피디에게 '그 어르신이 촬영은 하시겠다는데 아주 정확한 주소는 알려주시지 않았다'는 말을 덧붙이자, 잠깐의 침묵이 흘렀다. 이 피디와 내가 함께 다니는 시간이 길어질수록 우리 둘 다 입에 붙은 말이 있다. 어떻게든 되겠지. 정말 환상의 짝꿍이다(원래 나이가 지긋한 어르신들은 마을 이름만 알려주시는 경우도 많았고, 어디 IC에서 빠져서 오라며 운전도 못 하는 내게 길 설명만 해주시기도 했다).

아무튼 우리는 다음 날 경상북도 영덕의 어느 리까지만 주소를 찍고 출발했다. 그리고 도착해서야 왜 그렇게 주소를 알려주셨는지 알게 됐다. 산속 깊은 곳이어서 주소가 있다고 해도 내비게이션에 제대로 나오지도 않을 것 같았다. 차에서 내려 처음 뵌 어르신의 모습은 흡사 도인 같았다. 그분은 하얗게 센 머리를 양 갈래로 땋고 긴 막대기를 지팡이 삼아 산길을 내려오는 중이셨다. 옆에 있는 당나귀의 등에 나뭇가지가 가득 쌓인 것을 보니 아마 땔감을 구해오신 모양이었다. 그 모습에 나는 속으로 올레를 외쳤다. 이 피디도 옆에서 눈이 반짝반짝했다.

"안녕하세요. 어르신. 며칠 전에 연락드린 작가예요."

"진짜 왔네."

나는 속으로 생각했다. 안 왔으면 큰일 날 뻔했는데요. 어르신의 집은 동물 농장이나 다름없었다. 크고 작은 당나귀가 열 마리나 있었고, 돼지에 강아지에 고양이까지 드넓은 마당에서 뛰놀고 있었다. 그리고 어르신은 전화 상에서보다 훨씬 다정한 분이었다. 차나 한잔 하자며 우리를 집안으로 들이시더니, 전화로 하지 않은 이야기들을 술술 들려주셨다. 자신은 건강이 나빠져 산속으로 들어왔고, 산속에 살다 보니 머리는 그냥 길렀으며, 정신 사납게 풀어지지 말라고 양 갈래로 땋았는데 많이 이상해 보이느냐고 되려 나에게 물으셨다.

내가 새어 나오는 웃음을 참지 못하고 내 파우치에 있던 빨간 앵두 방울끈을 선물로 드렸더니 촬영시작부터 끝까지 내내 머리에 달고 계셨다. 어떻게 이렇게 귀여우실 수가 있는 거지. 섭외 전화를 드릴 때와는 완전 딴판이었다. 어르신의 일상은 단순하게 알고 있던 것보다 훨씬 흥미로웠다. 그분은 당나귀 등에서 땔감을 내리다 난

데없이 분위기에 취해 단소를 불기도 했고, 건강을 위한 것이라며 택견과 비슷한 체조를 하셨다.

○

이 피디는 그 모습들을 촬영할 때마다 한 번씩 너는 정말 대단한 작가라며 엄지를 치켜들고 박수를 아끼지 않았다. 이 특이하고 유유자적한 삶의 모습을 만난 것만 해도 대박인데, 짝꿍 피디에게 칭찬까지 아낌없이 듣다니. 이번 섭외는 복과 불복 사이가 아니라 복복복이었다.

뒤통수가 얼얼

다음 날 이른 오전부터 딸기로 유명한 지역을 직접 돌아다닌 끝에, 다행히 온 가족이 함께 귀농해 행복하게 살아가는 가족을 소개받아 무사히 그 주의 방송을 할 수 있었다. 아니 '무사히'라고 말할 수 있을까?

취재라는 것이 참 쉽지가 않다. 그도 그럴 것이 생면부지의 사람(보통, 작가들)이 전화를 걸어 이것저것 사소한 것까지 꼬치꼬치 물어보니 자세한 말을 솔직히 해주기가 어려울 것이다. 그래서 아주 가끔 솔직하지 못한 출연자를 만나곤 했다. 있는 그대로 말해주면 혹시 촬영이 어려운 부분이 있을 경우 어떻게 찍을지 고민해볼 텐데, 부족한 부분을 말하면 혹시 촬영 자체가 취소될까 걱정스러운 마음에 그러는지, 종종 현장에서 취재 때와 말이 달라지는 것을 경험할 때가 있었다. 그래서 이제는 적당한 허풍과 과장은 웃어넘기기도 하는데 아직도 생각만 하면 괜스레 뒤통수가 아파오는 일이 있다.

○

이 피디와 함께 귀농한 사람들을 촬영한 적이 있었다. 그때 우리는 인생 2막을 자연에서 다시 시작한 사람들을 미니다큐멘터리 형식으로 소개하는 코너를 맡고 있었다. 어느 날, 나는 딸기 농사를 짓는 청년을 알게 되어 취재를 진행했다. 그는 자신이 부모님이 계신 고향으로 귀농했으며, 큰 규모로 딸기 농사를 짓고 있는 청년 농부라고 소개했다. 본인이 농사 지은 딸기의 품질이 좋아 큰 베이커리 회사와 납품 계약을 맺고, 가공 공장도 세웠다고 뿌듯해했다. 나는 그가 굉장한 자부심이 느껴지는 멋진 청년이라 생각했다.

당시만 해도 SNS가 활성화되지 않아, 출연자에게 직접 딸기 농장 사진과 딸기를 가공하는 공장 사진을 여러

장 받았다. 나는 이 사진을 토대로 이 피디와 구성 회의를 했다. 우리는 그때까지 나이대가 있으신 분들이 어떤 사연을 안고 귀농해 수수하게 사시는 모습을 주로 찍었는데, 이번에는 딸기 수확뿐만 아니라 가공공장과 베이커리에 납품하는 모습까지 성공한 젊은 귀농인의 모습을 담기로 했다. 그리고 이 모든 걸 일구기까지의 노력과 애환도 놓치지 말자고 얘기했다. 당시만 해도 이 피디는 출연을 겸하지 않았기 때문에 홀로 촬영장에 갔다. 그리고 촬영 첫날 저녁, 한숨이 가득 담긴 목소리로 이 피디에게 전화가 왔다.

"아직 촬영 시작도 못했어."

"왜? 출연자가 어디 아팠어?"

이 피디는 촬영지에 도착해 그에게 전화를 했는데, 그가 만나자고 한 곳으로 가보니 맥줏집이었다고 했다. 그 자리에는 그가 아는 형님이라는 사람도 함께 있었고, 그 둘이 번갈아가며 그의 진한 사연을 말했다고 했다. 그가 이곳에 정착하기까지 무슨 일이 있었는지, 현재 얼마나 행복한 삶을 살고 있는지 말하면서.

이 피디가 한참을 듣다가 촬영할 때 더 이야기해주십

사 하고 마무리하려 했더니, 촬영은 내일부터 본격적으로 하자고 했다고. 현재 정리할 것이 있어 마무리되는 대로 내일 오전부터 촬영하면 되며, 아무 문제 없이 잘 진행될 거라고 말했다고 했다. 그러면서 그 자리에 사람을 두 명 더 불러내는 바람에 이 사람 저 사람 누군지도 모르겠는 사람에게 인사하느라 바빴다는 것이다. 이 피디는 아마 방송 촬영이 처음이니까 긴장 풀려고 그랬겠지, 하며 어쨌든 내일 아침 일찍 시작하기로 했으니 다시 연락하겠다고 했다.

자신의 삶을 진솔하게 보여주는 휴먼다큐멘터리 같은 촬영이니 출연자가 편안해질 수 있는 시간을 가졌겠다고 생각했다. 하지만 어째 이 피디의 목소리가 밝지 않은 것이 영 마음에 걸렸다.

다음 날 오후, 이 피디에게서 다시 전화가 왔다.

"출연자가 조금 이상해…."

"이상해? 뭐가?"

"딸기밭을 이 밭 저 밭 돌아다니면서 횡설수설하고 같이 촬영하기로 한 부모님도 보여주질 않아."

잘 이해가 되지 않았다. 사진으로 보내준 그 딸기밭에 안 가봤느냐고 물었더니, 그 딸기밭은 어디인지 모르겠고, 이상한 딸기밭으로만 돌면서 공장도 보여주지 않고 자꾸 엉뚱한 대답만 한다는 거였다. 답답한 마음에 나는 출연자에게 전화를 걸었다. 내가 취재하며 찍기로 한 딸기밭이랑 공장을 왜 피디한테 제대로 알려주지 않느냐면서 혹시 무슨 사정이 있느냐고 물었다. 그랬더니 '이제 촬영을 시작할 건데 조금 늦어져서 피디 님이 걱정하시는 것 같다'는 대답이 돌아왔다. 나는 이 피디에게 다시 전화를 걸어 너무 출연자를 받아주기만 하지 말고 조금은 밀어붙이라고 다그쳤다. 사람이 착하고 순하기만 하면 일을 어떻게 하느냐고, 되지도 않는 훈수까지 덧붙였다. 그리고 두 시간 후, 여전히 촬영이 진행되지 않았다는 전화에 고속버스 터미널로 달려가 바로 버스에 몸을 실었다. 그러면서 '내가 지금 가니까 출연자에게도 나랑 같이 얘기하자 전해달라'고 이 피디에게 문자를 남겼다.

잠시 후 이 피디도 아닌 출연자에게서 문자가 왔다. '피디 님과 작은 오해가 있었는데 걱정하지 말라'는 내용이었다.

세 시간 후 맞닥뜨린 현실은 참담했다. 도착해서 보니, 사진에 있던 딸기밭은 거기 없었다. 아니, 엄밀히 말하면 있긴 했는데 본인의 것이 아니었다. 진짜 주인은 따로 있는 남의 딸기밭 사진을 내게 보낸 것이었다. 정작 본인 소유의 딸기밭은 관리가 되지 않아 고작 서너 개의 시든 딸기만 달려 있을 뿐 상태가 엉망이었다. 알고 보니 공장 역시 본인 것이 아니었다. 그런데 이 핑계 저 핑계를 대며 이 피디를 계속 그곳에 붙잡아둔 것이었다. 화가 난 내가 어떻게 된 거냐고 출연자를 다그치니, "그냥 아무 데서나 찍으면 돼요." 하고 무책임한 말을 내뱉었다.

더 기가 막힌 것은 내가 현장으로 향하는 그 순간까지 피디와 작은 오해가 있다며 거짓말을 한 것이었다. 실제로 만나본 출연자는 순박한 얼굴에다가 그런 상황에서도 자꾸 남의 딸기밭과 공장을 다 자신과 연관이 돼 있는 일이라 했다(그 연관 있다는 딸기밭에서 촬영도 강행해보려고 했지만 진짜 주인들이 무슨 말이냐며 쫓아내기도 했다). 또 끊임없이 자신의 열정과 포부에 대해 이야기하고 있었으니 이 피디가 왜 그의 말을 믿으며 계속 기다려줬는지 한편으로는 이해가 됐다.

"여기는 접자."

나는 검증을 제대로 하지 못한 내 잘못이 정말 크다며 발길을 돌렸다.

○

여담이지만 다음 날 이른 오전부터 딸기로 유명한 지역을 직접 돌아다닌 끝에, 다행히 온 가족이 함께 귀농해 행복하게 살아가는 가족을 소개받아 무사히 그 주의 방송을 할 수 있었다. 아니 '무사히'라고 말할 수 있을까? 촬영이 늦어져서 편집하고 방송하기까지 4일을 우리는 시간에 쫓겨 30분도 잠을 자지 못했으니 겨우 방송할 수 있었다는 말이 더 적합할 것 같다. 우린 딸기의 상처를 딸기로 이겨내긴 했지만 요즘도 마트에서 딸기를 보면 괜스레 뒤통수가 찌릿해 만져보곤 한다.

아무리 과정보다
결과라지만

방송이 나가는 날, 이 피디가 삼치를 손에 들고 좋아하는 장면에서 나는 보았다. 화면을 보는 막내의 눈에서 흐르는 눈물을. 나는 그런 막내를 토닥이며 말했다. 이번 주 방송은 네가 만든 거야. 잘했어.

분명 어릴 때는 결과보다 과정이 중요하다는 말을 참 많이 들었다. 그런데 지금 생각해보니 그건 어른들의 새빨간 거짓말이 아니었을까 싶다.

학교 다닐 때부터 시험을 보면 늘 성적이 중요했지 내가 얼마나 노력했는지, 무슨 사연이 있었는지는 중요하지도 않는데 그 말에 왜 속았는지 모르겠다. 의심이 가면서도 그냥 믿고 싶었던 거겠지만. 야속하게도 이후 그 말 때문에 사회생활을 하면서부터는 적잖은 충격을 받게 되지 않았겠는가.

○

　방송을 시작하면서 가장 먼저 들었던 말은 열심히 하겠다고 하지 말고 '잘' 하라는 소리였다. 그런데 도대체 그 '잘'이 무엇이냔 말인가? 작가 교육원을 다니며 공부했지만, 실전에서는 방송가에서 쓰는 용어부터 못 알아들으니 '잘'은커녕 사무실에 나와서 앉아 있는 것만으로 온몸에 힘이 쭉쭉 빠졌었다. 선배들의 한숨에 눈치를 보며 눈알을 굴리느라 머리가 어지러울 지경이었다. 어렸을 때 배운 대로 노력을 충실히 해도 결과는 엉망이어서 솔직히 학교 다닐 때는 듣지 못했던 꾸지람과 질책이 쏟아지기 일쑤였다. 그 덕분에 막내작가였을 때는 아무 일을 하지 않아도 그냥 자리에 앉아 있는 것만으로도 얼마나 힘든지 참 착실히 배웠다. 그래서 그때 결심한 게 딱 하나 있다. 내가 연차가 쌓여서 누군가의 선배가 되면 다른 건 몰라도 결과보다는 과정을 봐주는 선배가 되리라고. 그런데 감사하게도 과정도 결과도 좋은 후배들을 여태껏 참 많이 만났다. 아마 내 가장 큰 복이겠지.

보통 작가들은 팀 전체를 책임지는 메인작가와 코너들을 담당하는 서브작가, 그리고 팀 전체를 보조하는 막내작가로 이뤄진다. 메인작가는 대부분 한 명이고 서브작가들은 여러 명, 그리고 막내작가들은 한두 명인 경우가 많다. 막내 입장에서 보면, (요즘 시대에 어울리는 말은 아니지만) 시어머니를 여럿 둔 며느리 같다고나 할까? 교양 프로그램에서 막내작가의 주 역할은 선배들을 도와 아이템과 자료를 찾는 것이다. 그리고 내가 찾은 것들의 피드백을 선배들에게 받는데 왜 잘했는지 왜 못했는지 잘 배워두어야 한다(내가 막내 때는 그저 혼내는 줄만 알았다). 그래야 나중에 진짜 내 것을 할 때 덜 헤매며 시행착오를 줄일 수 있으니까.

나는 이 피디와 함께 현장에 나가기 때문에 늘 막내들의 도움이 절실했다. 사무실에 앉아 일할 시간이 부족했기 때문에 누가 도와주지 않으면 이동하는 시간에 짬을 내어 일할 수밖에 없었다. 차 안에서 다음 방송 아이템을 찾거나 섭외하거나. 그러다 내가 없는 회의 과정에서 갑자기 아이템을 바꿔야 하는 상황이 발생하면, 막내에게 전화로 새로운 아이템 기획안 내용을 불러주고 받아 적게 하는 일도 부지기수였다. 이런 나에게 구원투수가 되는 게 똑똑한 막내들이었다. 그래서 하나라도 더 알려주고 싶었고 실수를 탓하고 싶지 않았으며 그들이 한 단계 올라설 때는 비빌 언덕이 되어주고 싶었다. 그게 내가 일하며 진 빚을 조금이나마 갚는 길이라고 생각했다.

한번은 조금 독특한 사람들을 만나는 코너를 진행한 적이 있었다. 별나고 특이하게 사는 사람들을 찾아 그들의 일상을 따라가보는 내용이었는데, 문제는 이런 분들을 찾기가 쉽지 않고, 찾는다고 해도 연락처를 수소문하기가 참 어렵다는 것이다. 아이템을 찾아 골머리를 썩던 어느 날, 뉴스에서 스치듯 지나가는 특이한 부부를 보게 되었다. 반짝이가 요란한 의상을 맞춰 입고 부부가 함께 다니는 화면이었다. 단신으로 나와서 아주 짧게 지나갔지만 나는 그 부부를 찾아 방송으로 길게 소개하고 싶었다. 그날은 당장 촬영을 눈앞에 두고 있어 막내에게 도움을 요청했다.

"이 부부를 찾고 싶은데 단서가 별로 없어. 혹시 찾을 수 있을까?"

서울에서 김 서방 찾기 같은 이 미션을 당시 우리 팀의 막내는 한번 찾아보겠다며 잘 들리지도 않는 목소리로 겨우 대답했다. 우리 팀에 들어온 지 며칠 되지 않았던 그 친구는 심하게 조용한 성격에 수줍음 또한 많은 친구 였다. 선배들과 밥 먹으러 가기가 쑥스러워 딸기우유로 점심을 때웠을 정도였으니까. 과연 이 친구가 할 수 있을 까 싶었지만 당장 빌릴 손이 없던 나는 어쩔 수 없이 부 탁을 하고 촬영 현장으로 출발했다. 3일 뒤에 촬영을 끝 내고 사무실에 나왔을 때, 그 친구는 작은 쪽지를 조용히 내밀었다. 찾지 못해 죄송하다고 메모라도 남긴 것인지 해서 종이를 펴보니, 동글동글한 글씨체로 부부의 이름 과 휴대폰 번호가 적혀 있었다.

사실 큰 기대도 하지 않았고, 그 부부를 찾지 못할 경우 를 대비해 촬영 틈틈이 대안도 찾아놨었다. 그런데 이렇 게 감동을 주다니. 쪽지를 보고 너무 놀라 어떻게 찾았느 냐고 물어보니, 뉴스 영상에서 부부가 사는 지역이 서울 의 어디 동까지는 나오며, 부부가 들어가는 아파트가 살짝 보였고(아파트 이름은 모자이크 처리되어서) 로드뷰를 켜서 그 일대의 비슷한 모양의 아파트 건물을 다 뒤졌다고 했다. 그리고 비슷한 생김새의 아파트에 이런 부부가 있는지 일일이 확인해가며 찾았다는 것이다. 그 말을 듣는 순간 눈물이 핑 돌면서 학창 시절 선생님이 하신 말씀이 떠올랐다.

"여기 교탁에 서 있으면 뭐 하는지 다 보여."

내가 막내였을 적에 선배들도 이와 비슷하게 말했었다.

"연차 쌓이면 어떻게 일하는지 다 보여."

정말 그 말이 맞았다. 경력이 쌓이고 보니 진짜 다 보인다. 내가 해온 일이고 내가 겪은 시행착오이니 보이지 않을 수가 없다. 잘하고자 노력하고 성실하게 일하는 후배들은 굳이 옆에 붙어서 보고 있지 않아도 어떻게 일했는지가 다 보인다. 어렵게 찾아낸 그 부부는 비록 방송으로 성사되지 않았지만, 그 애쓴 마음이 감사해 그때도, 10년이 넘은 지금도 만날 때마다 성은이 망극하다고 받들어 모신다.

가끔은 나보다 더 내 코너에 진심인 막내를 만날 때도

있었다. 어느 해 가을, 삼치가 대풍이라는 소식이 전해졌다. 성인 남자 팔뚝보다 큰 삼치가 그물이 터질 정도로 많이 잡히고 있다는 것이다. 당시 우리 팀의 막내는 동해에서 조업하는 선장님들을 수소문해 몇 날 며칠 동안 연락을 돌렸다. 그리고 선장님들의 계속되는 거절에 왜 우리 아빠는 어부가 아니냐며 탄식했다. 그 말에 웃음이 터지면서도 오죽 답답했으면 아빠의 직업까지 탓할까 하며 어떻게든 해내고자 하는 마음이 갸륵하게 느껴졌다. 그리고 마침내 경남 거제의 어선 한 척을 어렵게 섭외했다.

그리하여 새벽 2시에 출항하는 배에 이 피디와 조연출이 몸을 실었다. 대부분의 촬영 현장은 내가 따라나서지만 배 촬영이 있을 때는 나는 숙소에서 기다리곤 했다. 워낙 뱃멀미가 심한 탓이다. 그렇다고 잠을 푹 자고 있을 수는 없다. 뱃사람 대부분은 생업이 달린 일이다 보니 촬영을 그닥 반기지 않고 바다 조업 일 자체가 워낙 험해서 제작진의 안전도 걱정되기 때문이다. 그날도 조마조마한 마음으로 이 피디의 복귀를 기다리고 있었는데, 휴대폰으로 비보가 날아들었다.

"삼치가 한 마리도 잡히질 않았어."

이 피디의 목소리는 몹시 지쳐 있었다. 이를 어쩐다. 아무리 바다 일은 하늘에서 결정하는 거라지만 어찌 한 마리도 안 잡힐 수가 있을까. 어획량이 적은 것도 아니고 아예 잡히지 않았다니.

나는 분주해지기 시작했다. 우선 다음 날 날씨를 체크해서 배가 나갈 수 있는지 확인했고, 같은 배를 다시 탄다면 과연 삼치가 잡힐 것인가, 고민해봐야 했다. 만약 가능성이 없다면 다른 지역의 다른 배를 다시 알아봐야 할 일이었다. '정신을 똑바로 차려야지, 이번 방송 진짜 큰일 나겠다.'라는 생각이 머릿속을 떠나지 않았다. 나는 먼저 삼치를 열심히 알아본 막내에게 전화를 걸었다. 혹시 알아본 곳 중에 촬영이 가능한 다른 삼치잡이 배가 있는지 물었다. 막내는 이른 아침이라 잠이 덜 깬 목소리로 확인해보겠다고 말했다. 막내 입장에서도 이렇게 이른 아침에 웬 날벼락인가 했을 것이다.

그 후 내일 촬영 예정이었던 것을 전부 미루는 연락을 돌리고 있는데, 이 피디가 도착했다. 내가 모든 가능성을 열어두기 위해 발버둥을 치고 있긴 했지만, 시간이 부족하니 우리는 고민 끝에 내일 한 번 더 같은 배에 올라타기로 결정했다. 다음 날 새벽, 뜬눈으로 밤을 새운 나에게 촬영을 나간 이 피디보다 막내에게 먼저 연락이 왔다.

"언니, 삼치 잡혔어요?"

거의 울먹이는 목소리였다.

"아직 연락 없었어."

그랬더니 어제 내 전화를 받고 백방으로 알아본 결과를 브리핑했다.

"울진 쪽에 선장님이 촬영을 허락하긴 했는데 자기도요 며칠 삼치는 못 잡았대요. 불안해서 안 되겠죠?"

그리고 얼마 지나지 않아 또 전화가 걸려 왔다.

"언니, 피디님 오셨어요? 잡혔대요?"

"아직 안 왔어."

그렇게 말했더니 이번에는 "방금 낚시로 삼치를 잡는 선장님 한 분이 촬영 괜찮다고 하시는데 강원도예요. 지금 있는 곳에서 너무 멀죠?"라며 삼치가 잡히는 배를 찾아 제주도까지 섭외 전화를 돌릴 기세였다. 나는 우선 오늘의 결과를 기다려보자고 너무 고생했다며 막내를 달랬다. 이렇게 마음을 쓰고 애를 태웠는데 결과가 아쉬운 것은 어쩔 수 없는 일이 아닌가. 열심히 준비했기에 결과에 대한 기대가 컸을 텐데, 얼마나 속상할지 눈에 보이는 것 같았다.

○

나중에 알게 된 사실이지만 당시 그 후배의 수첩에는 하나님, 부처님, 신령님, 용왕님, 각종 신들을 다 찾아가며, 다른 것도 아니고 삼치 좀 잡히게 해달라는 기도문이 적혀 있었다는 것을 전해 들었다. 종교도 없는 녀석이 얼마나 간절했으면.

그나마 다행인 건, 두 번의 실패 끝에 나와 이 피디가 배를 타고 바다에 나간 그날, 삼치가 잡혔다는 사실이다. 딱 두 마리. 물론 주객전도의 느낌으로 삼치의 먹이라는 고등어가 몇 배나 될 정도로 더 많이 잡혔지만, 어쨌든 삼치가 잡히긴 했다. 그리고 방송이 나가는 날, 이 피디가 삼치를 손에 들고 좋아하는 장면에서 나는 보았다. 화면을 보는 막내의 눈에서 흐르는 눈물을. 나는 그런 막내를 토닥이며 말했다. 이번 주 방송은 네가 만든 거야. 잘했어.

방송 사고의 이해

이제는 방송 사고가 어떤 운명일지도 모른다는 생각마저 든다. 검수에 검수에 검수를 거듭해도 일어날 사고는 일어나고 벌어질 듯, 벌어질 듯하다. 어떻게든 막아지기도 하니까 말이다.

    보고 또 보지만 결국 놓쳐서 발생하는 것이 방송 사고인 것 같다. 방송 사고에서 가장 흔한 것은 자막 오류가 아닐까? 맞춤법부터 지역 명칭 오류까지 신경을 바짝 곤두세워도 한 번씩 사고가 발생한다. 보통 자막은 담당 작가가 1차로 작성하고, 각 팀의 메인작가가 이것을 한번 점검한 후, 전문 검수 요원이 맞춤법을 최종 검수한다.

    이렇게 검수에 검수를 거친 자막은, 영상에 들어가기

전 다시 담당 피디에 의해 검토된다. 자막이 들어간 영상에 내레이션과 음악을 입히고, 최종 영상이 완성될 때까지 담당 피디, 주변 제작진들, 팀장, 책임프로듀서, 모두의 눈이 거듭거듭 몇 차례씩 자막을 확인한다. 이 수많은 단계를 지나고 나서도 놀랍게 한 번씩은 자막 실수가 생긴다. 정말 다 같이 눈에 뭐가 쓰였다고 말할 수밖에 없는 아찔한 상황이다.

○

나는 방송을 하면서 숫자에 노이로제가 생겼다. 원래도 뼛속까지 문과라 숫자와 친하지 않았는데 방송하면서 아예 질려버린 것이다. 매번 자막에서 정확함을 요구하는 것은 모두 숫자와 관련이 있었다. 연도, 수심, 길이, 무게, 면적. 무슨 단위도 그렇게 다양하고 많은지…. 그중 숫자로 가장 애를 먹게 되는 것은 '해발 고도'였다. 우리는 산 촬영을 많이 다녔기 때문에 산의 높이를 정보 자막으로 고지할 때가 많았다.

예전에 전라남도 광양의 백운산을 다녀온 적이 있었

다. 해발 고도가 높고 산세가 꽤 험해서 고생하며 다녀왔었다. 정상에 도착했을 때는 거의 정신이 나가 있어서 해발 고도가 쓰인 표지석을 미처 확인하지 못했었다. 그리고 방송을 준비하며 나는 백운산의 해발 고도를 인터넷에서 찾아보았다. 해발 883미터. 그런데 다음 날 오후, 이 피디에게 전화 걸려왔다.

"지금 자막 작업하고 있는데 백운산 말이야, 정말 해발 883미터가 맞아?"

"응 맞아, 인터넷에 찾아봤어."

"그거보다는 높았던 것 같은데? 엄청 힘들었잖아?"

'그러게? 이상하다?'라는 생각이 들면서 동시에 999미터나 1,000미터나 끙끙대고 오르는 사람 입장에선 뭐 큰 차이가 느껴지겠나 싶었다.

"일단은 지금 그대로 작업하고 나중에 수정할 테니까 확인 좀 해줘."

그래서 나는 다시 검색을 해보았다. 분명 해발 883미터가 맞다. 그래도 무언가 찜찜한 기운이 가시질 않아 광양시청에 문의를 해봤더니 아뿔싸! 백운산의 해발은 1,222미터였다. 큰일 날 뻔했다. 알고 보니 백운산은 광양에도 있지만 강원도에도 경기도에도 있는 산이었다. 등허리에 땀방울이 주르륵 흐르는 것을 느끼며 이 피디에게 전화를 걸었다. '딸깍' 연결되었다는 신호음이 들리자마자 나는 1,222미터, 1,222미터를 외쳤다. 이 피디는 "여보세요."라는 말 대신 "바로 수정할게."라고 답하며 급히 전화를 끊었다. 휴, 다행이다, 의심해줘서. 덕분에 방송 사고를 막았구나.

그런가 하면 방송 사고로 이어질 뻔한 현장의 기억도 있다. 어느 추운 겨울날 강원도 고성에 제철 수산물을 소개하러 간 적이 있었다. 섭외는 단번에 성공했는데 문제는 취재하려고 전화할 때마다 선장님이 술에 취해 계셨다. 낮에는 배 위에서 일하느라 바빠서 통화가 잘 안되고 밤에는 주변의 시끌벅적한 소리가 들려오며 취한 선장님이 횡설수설하셨다. '다른 배를 알아봐야 할까? 아니면 아이템을 바꿔야 할까?' 고민도 하였지만 맨정신에 연락이 닿은 선장님은 너무 친절하셨다. 요즘 워낙 물고기가 잘 잡히니 꼭 오라는 당부의 말에 우리는 촬영을 진행하기로 했다. 다음 날 선장님의 배는 오전 6시에 출발한다고 했었기에 우리는 오전 4시에 항구에 도착했다.

배에 실을 장비를 점검한 뒤, 이 피디와 조연출은 어부복으로 옷을 갈아입고 선장님을 기다렸다. 한 시간쯤이 지난 오전 5시, 항구에 정박한 배들이 하나둘씩 불을 켜더니 바다로 나가기 시작했다. 그런데 항구에 도착해서 전화를 준다는 우리 선장님은 깜깜무소식이었다. 30분가량 기다렸다가 선장님께 전화를 걸었다. 전화를 받지 않는다. 싸늘하다. 가슴에 비수가 날아와 꽂힌다. 나는 계속해서 전화를 걸었고 약속 시간 10분 전, 겨우 선장님과 연락이 닿았다. 막 잠에서 깬 목소리였다. 어제도 술을 드신 걸까? 선장님은 한 시간 뒤에 나갈 거라고 도착해서 전화한다며 살짝 역정을 내셨다.

그래도 다행이다. 나가긴 나간다고 하시니. 그런데 한 시간이 지나도 선장님은 항구에 나타나지 않았다. 그리고 오전 7시 40분쯤 겨우 선장님과 통화가 닿았는데 주변이 시끄러웠다. 배의 모터 소리였다. 설마. 선장님은 벌써 배를 타고 바다로 나갔다고 하셨다. 항구에 도착했는데 우리가 보이지 않아 그냥 나가셨다고 했다. 전화도 한 통 없이…. 그새 우리를 까먹은 건지 너무 급하셔서 그런 건지, 아니면 항구가 넓어서 우릴 보지 못한 건지…. 그나

저나 큰일이다. 이대로 가면 방송 사고다.

이 피디와 나, 조연출은 벙쪄 있는데 어떤 한 분이 헐레벌떡 항구로 뛰어오는 게 눈에 띄었다. '혹시 저 선장님은 지각하셨나?' 순간 눈이 마주친 나와 이 피디는 누가 말할 것도 없이 그분께 뛰어갔다. 늦었다며 배의 닻을 올리며 출항 준비를 서두르는 선장님께 여쭤봤다. 뭐를 잡으러 나가시냐고. 마침 우리가 찾는 제철 수산물이었다. 우린 선장님의 바짓가랑이를 잡고 늘어졌다. 그렇게 사정사정해 그 배에 오를 수 있었다. 휴… 다행이다.

○

이제는 방송 사고가 피할 수 없는 운명일지도 모른다는 생각마저 든다. 검수에 검수에 검수를 거듭해도 일어날 사고는 일어나고 벌어질 듯 벌어질 듯하다, 어떻게든 막아지기도 하니까 말이다. 그러나 사람들은 말하지 않는가, 운명은 스스로 개척하는 거라고. 우리는 불굴의 의지로 아무 사고 없는 방송을 안방으로 전달하기 위해 필사의 노력을 다할 것이다! 응 그렇지, 반드시!

글맛이 아니라 말맛을
살려야 하는 방송작가

나는 방송을 보기 전까지 내 원고가 어떻게 읽혔는지 알 수 없다.
내가 의도해서 써놓은 대로 느낌은 잘 살았는지, 어떻게 소화했는
지 조마조마한 마음으로 방송을 지켜본다.

방송 글은 눈으로 읽는 것이 아닌 귀로 듣는 글이다. 그
래서 말맛을 잘 살려야 한다고 말한다. 하지만 아무리 글
을 맛있게 썼더라도 전달자가 원고의 느낌을 제대로 살
려 전하지 않는다면 무맛의 글이 될 것이다. 그래서 방송
에선 글을 읽는 화자, 내레이터의 역할이 정말 중요하다.
KBS1TV의 '한국인의 밥상'을 최불암 선생님이 아닌 다른
사람이 원고를 읽는다고 상상해보면 쉽게 와닿을 것이다.

○

　2013년 7월, 그날도 역시 촬영에서 고군분투하고 있
는데 전화 한 통이 걸려왔다. 개그우먼 이수지 님이 우리
코너의 내레이터가 됐다는 전화였다. 전날 밤에 돼지꿈
도 꾸지 않았던 거 같은데 이게 웬 복권 당첨 같은 소식
인가 했다. 프로그램 개편을 앞두고 코너에 신선한 바람
을 불어 넣기 위해 공을 들인 것이었다. 당시 이수지 님은
KBS 개그콘서트에서 '황해'라는 코너를 맡고 있었다.

　'니 돌았니~? 니 이리가지고 밥 빌어먹고 살겠니?''많
이 놀라셨죠~? 저도 많이 놀랐습니다.'와 같은 유행어를
탄생시키며 인기가 치솟을 무렵이었다. 그런 이수지 님
이 우리 코너에서 내 글을 읽어주는 역할을 맡는다니 너
무 기뻤다. 그런데 한편, 슬며시 고민도 밀려왔다. 이수
지 님의 목소리와 어투를 나는 어떻게 잘 활용할 것인가?
내레이터가 달라지면 글의 내용을 조절하고 톤도 바꿔야
해서 생각할 것이 많았다. 그래, 이수지 님의 유행어를 변
형시켜 글에 활용하자고 생각했다.

　그리하여 출연자가 절벽에 매달려 본인 안방 같다고

한 말에 "아이고, 아즈바이~ 안방 한 번 참 높은 곳에 만들어놓으셨소~ 저 안방을 어찌 찾아간다요.", 괴짜 예술가를 만났는데 잘난 척만 연신 하다 실수하는 장면에서는 "이거 뭐하는 아즈방이니? 이래가지고 밥 벌어 먹고 살겠니?", 산골 생활을 하며 도끼질 고수가 되었다더니 막상 나무 하나 쪼개지 못할 때는 "고객님~ 많이 놀라셨죠? 도끼질 달인인 줄 알았는데 아니어서 저도 많이 놀랐습니다."라고 원고를 썼다.

나중에 나는 방송으로 영상을 보다 깜짝 놀랐다. 내가 쓴 글이 맞나 싶을 정도로 내레이션이 맛깔났다. 당시 함께 방송을 지켜보던 방청객들은 깔깔깔 배를 잡고 웃었다. 원고가 영상을 한껏 더 살려주는 짜릿한 순간이었다. 그렇게 이수지 님은 1년을 우리와 함께해주었다. 타고난 능력자인 만큼 점점 이수지 님을 찾는 곳이 많아졌고 바빠진 스케줄로 더 이상 우리와 함께하기 어려워졌다. 너무 아쉬웠지만 보내드릴 수밖에 없었다. 하지만 그 후에도 간간이 스케줄이 맞을 때면 선뜻 더빙에 나서주었다. 그래서 2015년에도 2016년에도 이수지 님의 청아한 목소리로 읽히는 원고를 들을 수 있었다.

더빙은 피디가 진행한다. 그래서 나는 이수지 님을 만날 기회가 거의 없었다. 마지막 더빙이 있던 날, 작업실로 찾아가서 그동안 감사했다고 인사 정도 나눈 게 다였다.

그렇지만 이 피디에게 전해 들은 이야기는 참 많았다. 그당시 이 피디의 선배가 하던 코너에는 조금 예민한 성격의 원로 연예인이 더빙을 맡았었다. 재미있게도 그분이 당시 막내였던 이 피디를 워낙 귀여워해서 선배의 더빙이 있을 때는 항상 이 피디가 옆에 붙어서 그분의 심기 경호를 했다고 한다. 속사정이 이렇다 보니 이 피디는 우리 코너에 연예인이 더빙을 맡았다고 했을 때 약간의 두려움이 생긴다고 했었다. 그런데 이수지 님은 그런 이미지를 깨준 연예인 중의 한 명이라고 했다. 더빙 날이면 일주일 동안 잘 계셨냐며 먼저 다가와서 살가운 인사를 건넸고 많이 바쁘신 것 같다며 걱정도 잊지 않았다고 했다. 본인은 더 바쁘고 피곤할 텐데 말이다. 정말 따뜻하고 좋은 사람이라고, 이 피디는 더빙이 있는 날마다 입에 침이 마르도록 칭찬을 해댔다. 그 후에는 이 피디가 유명세를 치르니 본인이 더 기뻐하며 연락을 해왔고 수지 님의 어머님이 이 피디 팬이라며 선물을 보내왔다. 우리는 그러한 인연으로 수지 님의 결혼식에 초대받기도 하며 아이가 태어났을 때도 진심으로 축하해드렸다. 내레이터로서도 반했는데 그 인간적인 매력에 한 번 더 반한 사람이다.

그 뒤를 이어 우리와 인연을 맺은 사람은 KBS 강승화 아나운서이다. 당시 강승화 아나운서는 KBS 아침 방송을 진행하고 있었다. 나는 그때부터 강승화 아나운서의 팬이었다. 재치 있는 진행과 톡톡 튀는 멘트를 너무나 좋아했었다. 그런 강승화 아나운서가 우리 코너의 내레이터가 된 것이다.

나는 다시 원고의 색깔을 조정했다. 개그우먼 이수지 님은 맑고 고운 목소리에 억센 연기를 잘 소화했지만, 강승화 아나운서는 달랐다. 듣기 좋은 중저음의 목소리에 묵직한 힘이 있어 그것을 살리려고 노력했다. 이수지 님과는 또 다른 매력이었다. 그런데 웬걸, 강승화 아나운서가 목소리 연기까지 기가 막히게 잘하는 것이 아닌가? 그리하여 처음에는 아나운서에 걸맞게 점잖은 색깔로 원고를 썼지만, 그걸 안 후에는 트로트 노래에 각종 사투리까지 원고에 거침없이 집어넣었다.

신안에서 민어 껍질을 먹는 유례를 설명할 때는 전라도 사투리로 "아따~ 그 맛이 어쩌나 좋은지~ 민어 껍질에 밥 싸 먹다 논밭을 다~ 팔아먹었다는 옛말이 있을 정도랑께 요."라고 썼더니 고향이 신안인 것처럼 읽었고 새우를 잡는 그물을 올렸는데 난데없이 낙지가 들어 있을 장면에서는 "네가 왜 거기서 나와♬ 네가 왜 여기서 나와♬ 낙지가 왜 여기서 나와♬" 하고 원고에 적었더니 노래도 간드러지게 소화해주었다. 또박또박 정보 전달만 잘해주길 기대했는데 대박 보너스를 받은 기분이었다. 그렇게 강승화 아나운서와 6년을 넘게 코너를 함께했다. KBS의 각종 프로그램을 담당해 몸이 열두 개라도 모자랄 텐데 늘 시간을 쪼개더빙에 참여해주었다. 단지 '이PD가 간다' 코너를 좋아한다는 이유 하나만으로.

언젠가 강승화 아나운서가 장기 출장으로 우리 코너를 잠시 못하게 될 일이 생겼었다. 나와 이 피디는 그동안 빈자리를 누구로 채워야 할지 고민에 빠졌다. 그러던 중 차를 타고 이동하다 우연히 라디오를 듣게 됐다. 그때 너무나 마음에 드는 목소리가 내 귀에 꽂혔다. 나는 이 피디에게 외쳤다.

"지금 이 목소리랑 톤, 너무 좋지 않아? 사연도 정말 재밌게 읽는다."

"그러네, 근데 강승화 아나운서랑 분위기가 되게 비슷하다?"

우리는 목적지에 도착해서도 내리지 않고 지금 사연을 읽는 사람의 이름이 나오길 기다렸다. 누군지 알아내 반드시 섭외하리라! 두 주먹을 불끈 쥐었다. 그런데 잠시 후 절망적인 소리가 내 귓가를 때렸다.

"아, 그런가요? 강승화 아나운서."

그래, 역시는 역시다. 모르고 들어도 이렇게 마음에 쏙 드는 목소리는 역시 강승화 아나운서였구나. 대안 찾기는 실패였다. 그렇게 매주 들어온 목소리인데도 라디오로 들으니 낯설었고 역시 또 좋았다.

○

나는 방송을 보기 전까지 내 원고가 어떻게 읽혔는지 알 수 없다. 내가 의도해서 써놓은 대로 느낌은 잘 살았는지, 어떻게 소화했는지 조마조마한 마음으로 방송을 지켜본다. 그런데 언제나 내 기대 이상으로 내레이터들은 글의 맛을 잘 살려주었다. 웃음이 나야 할 포인트에서 폭소가 터지게 하고, 긴장감이 가득해야 하는 부분에선 손에 땀이 날 정도로 숨 막히게 읽어주었다. 방송의 풍성함을 더해주는 우리 코너의 얼굴 없는 주역들, 그 숨은 노고에 다시 한번 감사드린다.

운수 좋은 날
-인생의 아이러니

정말 아이러니한 일이다. 일을 한다는 게 살아가는 일 속에 있는 것인데도, 한번씩 살아가는 일과는 어긋나 있는 것 같으니. 그런데 그것조차 또 내가 살아가는 모습이니 누굴 탓하랴.

그런 날이 간혹 있다. 왜인지 모르게 술술 풀리는 하루. 2015년 6월 30일도 그런 날이었다. 방송을 하루 앞두고 가장 정신없이 바빠야 하는 날, 이상하게 시간이 남았다. 방송 전날 영상 편집이 완료되고 자막 쓰는 작업이 끝나는 시간은 보통 자정이 가까워질 때였다. 그러면 나는 잠시 쉬었다가 새벽 1시쯤부터 내레이션 원고를 쓰기 시작했다.

○

　방송 전날은 이런 루틴이 반복되는 편이었는데, 이상하게도 2015년 6월 30일, 그날은 뭔가 일이 빠르게 빠르게 진행되어 여유가 넘치는 날이었다. 오후 9시밖에 되지 않았는데 내레이션 원고를 제외한 모든 작업이 끝났던 것이다. 나는 이럴 때 순간 불안해지곤 한다. 무언가를 빼먹었나? 혹시 놓치고 있는 게 있을까? 그런 걱정에 일이 끝났어도 집에 가지 못하고 괜스레 사무실을 서성거렸다. 그때 휴대폰 화면에 '엄마'라는 이름이 뜨며 진동이 울렸다. 갑자기 가슴이 뛰기 시작했다. 방송 전날 엄마가 전화를 걸어오는 경우는 극히 드물었기 때문이다. 누구보다 바쁜 걸 잘 아시는 양반이 카톡, 문자도 아닌 전화를 걸었다면 필시 급한 일이 생겼을 것이었다.

　"엄마~ 나 한가한 거 어떻게 알았어?"

　나는 마음속의 불안을 치우려고 애써 밝은 목소리로 전화를 받았다.

　"……."

　그런데 아무 소리도 들려오지 않았다. 엄마가 통화 버

튼을 잘못 눌렀나 싶어 다시금 화면을 보고 말하려는 찰나에,

"은혜야, 또또 하늘나라 갔어."

물기가 잔뜩 배어든 엄마의 목소리가 들려왔다. 17년을 키운 강아지가, 우리 집 막둥이 또또가 무지개다리를 건넜다는 소식이었다. 한 달 전부터 기운이 없고 뭘 통 먹지 않으려 해 엄마의 애간장을 녹이더니만. 병원에서도 해줄 게 없다고 해서 마음을 단단히 먹기는 했었지만 아무 소용이 없었다. 나는 그 자리에 주저앉아 숨죽여 울며 엄마의 남은 이야기를 들었다.

"아빠랑 남동생은 장례식장으로 출발했는데. 엄마는 쓰러질 것 같다고 아빠가 못 따라오게 했어. 너 바쁜 건 아는데 그래도 알려야 할 것 같아서…."

나는 아무 말도 못 하고 얼굴을 가린 채 가만히 듣기만 했다. 전화를 끊고 나서도 한참 그 자리에서 일어나질 못하고 있는데, 누가 어깨를 쳤다. 눈물범벅이 돼서 고개를 들어보니 이 피디였다.

"뭐야, 왜 그러고 있어."

"또또 죽었대…."

이 피디는 놀란 눈을 하고 쳐다봤다. 나는 그 말을 내뱉고 나니까 더 서러워져서 흐느꼈다. 잠시 지켜보던 이 피디가 장례식장이 어디냐고, 차로 데려다주겠다고 말했다. 한 번씩 훌쩍훌쩍하면서도 나는 "작업실 안 가? 여긴 왜 왔어." 했다. 이 피디는 지금 후반 작업을 하느라 작업실에 있어야 할 시간이었다. 이 피디 역시 오늘 일이 이상하리만큼 빠르게 진행되어 다음 작업까지 잠깐 여유가 생겼다고 말했다. 그러면서, "강아지가 마지막 인사를 하고 싶어서 도와줬나 보네." 하고 위로했다. 정말 그 덕분인지 나는 또또와 마지막 작별 인사를 할 수 있었다.

장례식장이 서울 외곽에 있던 터에 시간이 꽤 걸린 이 피디는 나를 내려주고 서둘러 작업실로 돌아갔다. 나 역시 이곳에 오래 머물 수는 없었다. 원고 작업이 남아 있기에 마음을 추스르고 돌아와야만 했다. 집으로 돌아와 펑펑 울면서 원고를 쓰는데, 아이러니하게도 그날따라 영상 속의 이 피디는 너무 웃겼다.

분위기 좋은 현장에서 사람들과 함께 신나게 어울리는 화면에, 나는 흥을 더 돋우기 위해 농담과 유머를 섞으며 글을 써 내려갔다. 그러다 문득 이런 상황이 굉장히 기괴

하다고 생각했다. 눈은 울고, 입으로는 원고가 입에 잘 붙는지 보려고 웃긴 말들을 중얼거리고 있었으니 말이다. 그때 이런 게 방송하는 사람들의 숙명이려나, 하고 생각했다. 어떤 여배우도 어머니의 부고를 듣고도 박장대소하는 촬영을 마저 끝냈다고 하니 말이다. 사실 내가 그런 해괴한 모습으로 일을 했던 게 그때뿐만은 아니었다.

내가 작가로 입봉한 프로그램은 '생생정보'보다 더 제작 기간이 짧은 팀이었다. 방송 당일 아침에 서너 시간 만에 원고를 써서 생방송을 해야 하는 살 떨리는 스케줄의 프로그램이었다. 원고를 출력할 시간도 없어 노트북을 들고 스튜디오로 뛰어 내려가는 일도 다반사였다. 아직 일도 서툰데, 눈을 씻고 찾아봐도 여유라고는 없는 팀에서 나는 험난한 입봉을 했던 것이다. 그런 시기에 할머니가 돌아가셨다. 할머니의 부고 전화를 받은 그날에도 나는 섭외와 취재를 해야 했다. 장례식장에 가는 내내, 그리고 장례식장에 도착해서도, 상심한 아빠를 위로할 틈도 없이 나는 끊임없이 전화기와 씨름했다. 당시에는 내 일을 대신 해줄 사람도 없었고 그렇다고 잠시 미룰 수도 없었다.

그날 내가 그렇게까지 하지 않으면 방송은 그대로 펑크가 나는 거였다. 장례식장에 앉아 조문객을 받다가도 전화가 울리면 노트와 펜을 챙겨 복도로 나왔다. 낮에는 전화기를 붙잡고 섭외를 하고, 밤에는 촬영 구성안을 쓰면서, 틈틈이 할머니 영정 사진 앞에서 울어가며 3일을 보냈다. 3일째 되던 날, 발인을 하고 화장터에 따라가는 건 포기해야만 했다. 방송 전날이었기 때문이다. 머리에 하얀 리본을 달고 사무실로 돌아와 피디의 편집본을 보고 수정하며 밤을 새웠다.

하필 당시 하던 코너는 엄마와 자식 간의 이야기를 담는 휴먼 코너였다. 화면에서 40대 아들이 어린 시절 아플 때면 엄마가 끓여주시던 추어탕이 그립다고 말하고 있었다. 그 옆에 있던 엄마가, 아플 때 병원 데려갈 돈이 없어 약 대신 끓여줬던 추어탕이 뭐가 그립냐며 눈물을 흘리셨다. 그걸 보다가 '우리 아빠는 이제 할머니 음식 못 드시겠네. 나도 할머니표 짜글이는 못 먹겠다.' 하는 생각이 퍼뜩 들었다. 나는 편집기 앞에서 새삼 할머니가 이제 정말 안 계신다는 생각에 눈물을 찍어 눌렀다.

정말 아이러니한 일이다. 일을 한다는 게 살아가는 일 속에 있는 것인데도, 한번씩 살아가는 일과는 어긋나 있는 것 같으니. 그런데 그것조차 또 내가 살아가는 모습이니 누굴 탓하랴. 그저 내 개인적인 힘든 일이 방송 일정과 겹치지 않길 쓸쓸하게 바랄 뿐이다.

행복한 촬영의 조건

바라건대 앞으로도 우연인 듯 필연인 듯 소중한 당신들이 우리 앞에 계속 나타나 주시길. 그래서 우리의 행복한 촬영에 주인공이 되어주시길 기도한다.

푸르른 5월의 어느 날, 우린 인천의 섬, 대이작도로 떠났다. 인천항 연안여객터미널에서 두 시간 남짓 걸리는 작은 섬으로 가던 그날은 구름 한 점 없이 바람도 자는 맑은 날이었다. 날씨는 늘 우리 촬영에 중요한 요소였다. 비가 오거나 바람이 많이 불면 촬영이 순탄치 않기 때문이다. 그런데 언제부터인가 미세먼지까지 생각해야 할 처지가 되었다.

○

2019년 3월 여수의 섬, 거문도로 촬영하러 갔던 날. 날씨가 좋으면 제주의 한라산까지 보인다는 곳을 찾아 한시간가량을 올라갔는데 아무것도 보이지 않았다. 한라산은커녕 발아래 바다도 잘 보이지 않는 지경이었다. 미세먼지가 그 아름다운 절경을 다 숨겨버린 것이다. 그 뒤로 우리에게 미세먼지 수치는 아주 중요한 촬영 요소가 되었다. 그런 점에서 대이작도 촬영은 출발부터 합격이었다.

아담한 섬이지만 볼거리가 가득해, 하트해변에서 낭만도 느껴보고 빨간색 구름다리에서 아찔함도 느껴봤다. 그런데 갑자기 조용하던 섬이 들썩이기 시작했다. 섬에 배가 들어오는 시간에 맞춰 60여 명의 사람들이 우르르 쏟아져 내린 것이었다. 넉살 좋은 이 피디가 먼저 다가가 인사를 건넸다.

"안녕하세요?"

"어? 이 피디 아니야?"

"여긴 웬일이야?"

"여기서 다 만나다니."

"어머어머어머."

"안녕하세요?" 하고 던진 말 한마디가 60번의 대답으로 돌아왔다. 누군가는 들고 있던 아이스박스를 집어 던지고 누군가는 메고 있던 배낭을 내려놓고 달려와 이 피디를 반겼다. 순식간에 인파에 이 피디가 휩싸여 내 카메라로 담지 못할 지경이었다. 한바탕 반가운 인사를 나눈 뒤, 어떻게 이렇게 많은 분이 함께 오셨냐 여쭤보니 어디 초등학교 아니, 어디 '국민'학교 동창생들의 모임이라고 하셨다. 1박 2일 일정으로 여행 왔다고. 그리고 이때 이 만남 이후로 우리의 촬영 계획은 모두 물거품이 되었다. 이분들의 이끌림에 1박 2일을 촬영인 듯, 휴가인 듯, 계속 함께 했으니까.

60여 명의 동창분들은 삼삼오오 팀을 나누더니 낚시를 하러 바다로 나갈 거라고 하셨다. 이 피디가 "많이 잡아 오세요." 인사를 건넸더니 "같이 가야지."라는 대답이 돌아왔다. 그렇다. 삼삼오오 나뉜 팀에 우리도 모르게 우리 이름이 들어가 있었던 것이었다. 그리하여 얼떨결에 따라간 이 피디는 광어에, 우럭에 노래미까지 잔뜩 잡아 어르신들의 사랑을 독차지했다. 여기에 누군가는 주꾸미를 누군가는 꽃게까지 잡아 올려 선상에서 즉석 해산물 파티가 열렸었다. 흥겨운 분위기에 잔뜩 신이 난 이 피디는 어르신들과 어찌나 신명 나게 어울리는지 누가 보면 어릴 때부터 함께 자란 동창생인 줄 알았을 거다. 이런 분위기는 뭍에 돌아와서까지 이어졌다. 직접 잡은 갖가지 해산물로 푸짐하게 상을 차려 동네잔치 부럽지 않은 시간을 함께했다. 사실 내향형인 나는 너무나 혼자 있을 시간이 간절했지만, 늦은 밤까지 아니 이른 새벽까지 그 소망은 결코 이뤄지지 않았다.

다음 날에는 어젯밤의 여파가 아직 가시지도 않았는데 아침 일찍부터 어르신들은 분주하게 움직이셨다(숙소가 같아서 모를 수가 없었다). 어르신들은 눈을 비비며 나오는 우리에게 "사막 보러 가자."라고 말을 건네셨다. 어제 과음하셔서 '아직 술이 덜 깨셨나?' 하는 생각이 들었다.

"여기 바다에 사막이 있다던데? 이장님이 알려줬어."

이장님 말씀이라면 신빙성이 있는 말이었다. 그리하여 우린 또다시 어르신들에게 휩쓸려 함께 움직이기 시작했다. 대이작도에는 정말 바다 한가운데 사막이 있었다. '풀등'이라 불리는 이곳은 썰물 때만 볼 수 있는 모래섬이라고 했다. 그 규모가 무려 30만 평에 다다르는 곳으로 배를 타고 그 주변을 둘러보는 데만 40여 분의 시간이 걸렸다. 우리는 그 이국적인 풍경에 탄성이 절로 터져 나왔다.

○

이제 보니 섬에서 1박 2일 촬영이 완벽했다는 생각이 들었다. 행복한 촬영에는 늘 몇 가지 공통된 조건이 있었다. 맑은 날씨와 아름다운 풍경, 그리고 만나는 사람들. 특히 풍경이 아무리 좋아도 좋은 사람들을 만나지 못한 촬영은 어딘가 허전했고 부족한 기분이 들었다.

대이작도에서의 촬영은 미세먼지 없이 날씨는 좋았고 볼거리는 풍성했으며 너무나 멋진 어른들을 한두 명도 아닌 60명이나 만난 것이니 완벽하지 않을 이유가 없었다.

바라건대 앞으로도 우연인 듯 필연인 듯 소중한 당신들이 우리 앞에 계속 나타나 주시길.

그래서 우리의 행복한 촬영에 주인공이 되어주시길 기도한다.

에필로그

나와 원 작가는 오랫동안 편집에 정답이 있다고 믿었다. 불필요한 컷은 빼고, 흔들리는 화면 빼고, 빛이 세게 들어와 잘못 찍은 화면 빼고, 낮과 밤이 달라 튀는 화면 빼고. 그러다 보면 정제된 아름다운 화면이 남는다. 이 영상들은 보기 편하거나 구성이 완벽하긴 한데, 때때로 편집본이 현장에서 느꼈던 재미의 절반도 못 따라갈 때가 있다. 왜지. 나도, 원 작가도 처음에는 머리를 쥐어뜯었다. 그리고 한참 후에야 알게 됐다. 때때로 불완전하고 쓸 데없어 보이는 컷에 더 큰 의미가 숨어 있다는 걸. 그것이 섞여 들어야 전체 영상이 더 풍요로워진다는 걸.

그러니 편집에서도, 인생에서도 불필요한 컷은 없다. 우리를 당황하게 했던 사건들도, 스치듯 놀래키고 간 인연들도, 고통스러웠던 순간도. 우리가 가던 길을 멈춰 서 있느라 그 자리에서 수많은 감사한 마음들을 돌아볼 수 있었던 것처럼.

고창 청보리밭 축제에서 만나 뵈었던 어머님이 떠오른다. 봄기운을 찾아 몰려든 사람들로 북적이던 그곳에서, 휠체어를 타신 80대 어머님이 나와 눈이 마주치시고는 "아이구야." 소리치셨다. 그때가 2022년 5월, 야외 마스크가 해제되기 전이라 모두 얼굴을 가린 상태였지만, 나도, 원 작가도, 조연출도 카메라를 하나씩 들고 있었던 터라, 늘 빨빨대고 돌아다니는 나를 알아보셨던 것 같다. 어딘가 불편하신 걸까 생각이 들 정도로 마른 몸이셨는데, 멀리서부터 너무 환하게 웃으시기에 나는 잰걸음을 해서 다가갔다. 어머님은 가쁜 숨을 몰아쉬시면서 계속 팔을 휘적휘적하셨다. 곁에서 지키고 섰던 50대 자녀분들이 "반가워하시는 거예요. 지난주에 이 피디가 청보리밭 축제 온다는 예고 보고 가자, 가자 하셔서 모시고 왔어요. 얼마나 보고 싶어 하셨는지 몰라요." 하시면서 어머님의 몸짓을 대신 설명하셨다. "아이고." 나는 탄식처럼 그 말을 내뱉고 어머님의 손을 잡았다. 때가 때이다 보니 한번 안아드리고 싶은 것을 참을 수밖에 없었다. 내가 뭐라고 그 벅찬 마음을 주시고는 눈시울마저 붉히시는 걸까. 나는 "아이고, 건강하세요, 어머님." 하며 안는 시늉을 해드리는 것밖에 뭘 더 해드릴 수 있는 게 없었다. 그러자 어머님이 물기가 그렁그렁한 눈으로 내 귀에 대고 말씀하셨다.

"언제 또 보겠어."

나도, 원 작가도 더운 숨이 목에 꽉 들어차 아무 말도 할 수 없었다.

감히 우리가 받았던 맹목적인 사랑과 응원에 대해, 그 마음의 깊이에 대해 우리는 가늠조차 할 수 없다. 매일 진심을 다해 감사해도 그 마음을 다 갚지는 못할 것이다. 고작 우리가 할 수 있는 최선은, 그 커다란 마음을 흉내 내 다시 전달하는 것뿐이다. 그러니 우리는 얼른 문을 열고 또 길을 나서야겠다. 그 길 위에서 어떤 이의 삶을 응원하고, 또 있는 힘껏 사랑하기 위해.

길
위
로
출
근

초판 **1쇄 인쇄** 2024년 10월 18일
초판 **1쇄 발행** 2024년 10월 25일

지은이 이PD, 원은혜
책임편집 조혜정
디자인 그별
펴낸이 남기성

펴낸곳 주식회사 자화상
인쇄,제작 데이타링크
출판사등록 신고번호 제 2016-000312호
주소 경기도 고양시 덕양구 꽃마을로 34, 1006호,1007호(향동동, DMC스타팰리스)
대표전화 (070) 7555-9653
이메일 sung0278@naver.com

ISBN 979-11-91200-98-0 03810

ⓒ이PD, 원은혜